(Publ. av. le journ. l'Estafette .)

(Publ. av. le journ. l'Estafette .)

DANAË

PAR

A. GRANIER DE CASSAGNAC.

PARIS.

BOULÉ, ÉDITEUR, RUE COQ-HÉRON, 5.

1850

A M. DE CHATEAUBRIAND.

JE VOUS OFFRE CE LIVRE,
OU LA CROIX SURMONTE LES PANTHÉONS ANTIQUES,
COMME UN FRUIT TOMBÉ DE L'ARBRE FÉCOND DE VOS THÉORIES.
SI NOTRE SIÈCLE A CETTE GLOIRE,
DE CLORE LA POÉSIE D'HOMÈRE ET D'OUVRIR LA POÉSIE DE L'ÉVANGILE,
LE MONDE N'OUBLIERA JAMAIS
QUE VOUS AVEZ BAPTISÉ LES MUSES,
ET FAIT DU GOLGOTHA LE PARNASSE DE L'ART CHRÉTIEN.

ADOLPHE GRANIER DE CASSAGNAC.

L'auteur est loin de penser que ce livre vaille l'honneur d'une théorie qui aurait pour but d'en justifier la composition. Eût-il en lui, ce qu'il n'affirme pas, les qualités qui font l'artiste, il considère comme une chose impossible à certains, difficile à tous, de réussir du premier coup aux matières d'invention et de poésie. Il a certes mis ici, comme partout, ce qu'il peut y avoir en son esprit de parti pris de travail et d'envies de style; mais il sait que la bonne volonté est un sentiment plus moral que littéraire; et il n'y a que Dieu pour qui vouloir ce soit pouvoir.

Ce n'est donc point de ce que l'auteur a fait qu'il demande la liberté de dire quelques mots, mais de ce que, avec une intelligence infiniment plus grande que la sienne, un autre aurait pu faire, dans l'ordre des idées critiques où il s'est engagé. Il n'a pas d'ailleurs la prétention de considérer les vues générales d'après lesquelles il s'est guidé comme un champ qui lui soit propre, et sur lequel, en seigneur magnifique, il daigne faire des concessions et offrir des fiefs aux poètes ses vassaux. Il y aurait, même dans ce cas, un abîme entre la matière que l'on fournit à l'artiste et l'œuvre que l'artiste crée avec cette matière. L'amour est un sentiment qui appartient à toutes les créatures humaines; mais avec ce sentiment commun à tous, Virgile a fait l'amour de Didon, qui n'appartient qu'à lui. La seule prétention de l'auteur, s'il en pouvait avoir une, ce serait donc d'avoir signalé une riche carrière de marbre, où toute main qui tient un ciseau pourra tailler ses fantaisies.

Il en est de l'idée première des œuvres littéraires comme de la graine des plantes : elle ne peut pas germer partout. Il y a des époques où les grands sentiments et les grandes idées se trouvent naturellement dans les cœurs et dans les têtes; et d'autres où la stature morale de l'homme semble avoir diminué : comme il y a des terres qui portent le chêne, et d'autres qui portent le genêt. Toute idée de roman ou de drame ne peut donc point être placée et développée en toute époque et en tout pays. La tragédie grecque, avec ses demi-dieux et avec ses crimes si magnifiquement effroyables, qu'ils en paraissent augustes, serait impossible au milieu des temps et des peuples modernes : le commissaire de police arrêterait Melpomène, et le gendarme empêche ce que punissait la Fatalité.

Les temps et les notions antiques sont en effet un milieu où l'art littéraire est plus luxuriant et plus splendide, parce qu'il y trouve, pour matériaux de son œuvre, des hommes plus grands commandant à des hommes plus petits, c'est-à-dire de plus vives oppositions, et de plus véhéments contrastes.

Dans la société grecque et dans la société romaine, les pouvoirs de la famille et de la cité étant concentrés aux mains de quelques-uns, la part de ceux qui en étaient revêtus s'en trouvait d'autant plus considérable. Aujourd'hui, les pouvoirs de la famille et de la cité étant distribués entre tous, la part de chacun s'en trouve d'autant plus diminuée. Il y avait donc, parmi les peuples antiques, des hommes revêtus d'une puissance et d'une gloire incomparables ; parmi les peuples modernes au contraire, il n'y a personne qu'on puisse beaucoup craindre ou beaucoup envier. Un père grec ou romain, c'était un homme qui avait le droit de vendre son fils, et de condamner à mort sa femme; un père français, c'est un homme auquel son fils désobéit légalement, au moyen d'un *acte de respect*, et auquel sa femme, après l'avoir déshonoré, arrache légalement une pension alimentaire.

Les hommes éminents des temps modernes sont donc inférieurs aux hommes éminents des temps anciens. Le plus grand empereur de l'Europe actuelle n'aurait pas le pouvoir de faire mourir le plus obscur mendiant pour son seul plaisir ; le plus chétif empereur romain, Gallien, par exemple, faisait mourir, quand il lui plaisait, quatre mille citoyens dans sa matinée. Le richard le plus opulent d'aujourd'hui ne serait pas en état de lever, d'équiper et d'entretenir dix régiments avec toute sa fortune; Crassus levait et soudoyait une armée de quarante mille hommes avec ses revenus. Le propriétaire le plus riche de nos jours n'a pas en terres l'étendue d'un canton ; six propriétaires, du temps de Néron, possédaient la moitié de l'Afrique.

D'un autre côté, les hommes petits et faibles des temps modernes sont supérieurs aux hommes petits et faibles des temps anciens. Autrefois, ils étaient esclaves ; aujourd'hui, ils sont libres ; autrefois, ils se mettaient sous le patronage d'un seigneur ; aujourd'hui, ils sont sous le patronage de la loi.

Le haut et le bas des sociétés modernes sont ainsi moins éloignés l'un de l'autre que le haut et le bas des sociétés antiques. On y a moins de chemin à faire, pour monter, quand on est petit ; pour descendre, quand on est grand. Il suit de là que les passions y sont moins véhémentes, parce que leur but y est plus rapproché ; les douleurs moins amères, parce que ce qu'on y peut perdre est moins considérable ; les joies moins vives, parce que ce qu'on y peut obtenir est moins important.

La poésie et le drame ont donc plus de ressources dans les temps anciens, que dans les temps modernes. Les positions éminentes ont été chaque jour en s'abaissant, et avec les positions, les sentiments et les idées. Il est évident en effet que les opinions qu'on se fait des choses dépendent du point de vue d'où on les considère. Le grand et le petit, le pauvre et le riche, l'ignorant et le savant, ne reçoivent pas la même impression du même fait ; de même qu'on n'a pas le même horizon, selon qu'on regarde d'une colline ou d'une vallée.

Les poètes et les romanciers ont si bien senti l'amoindrissement graduel que subissent, par l'effet du nivellement des hommes et des choses, les éléments de la poésie et du drame, qu'ils se sont rejetés dans le moyen-âge, cette petite antiquité, où se montrent encore les oppositions de puissance et de faiblesse, de commandement et d'obéissance, d'orgueil et d'humilité ; où le peuple a tout à gagner, les seigneurs tout à perdre ; où il y a matière aux ambitions immenses, aux crimes grandioses, aux amours impossibles, ces trois sources de la douleur, du remords et de la joie, c'est-à-dire du drame et de la poésie.

Quelques-uns, voulant asseoir le drame dans les temps modernes, au milieu de nos sociétés de plain-pied, et ne trouvant plus de ces personnages élevés et souverains, qui dominent les hommes de leurs ambitions et de leur puissance, ont été conduits à prendre de ces personnages souterrains et désarmés, que la famille a dépouillés de leur valeur domestique, l'état de leur valeur civile, et qui sont tragiques parce qu'ils n'ont rien, comme les autres étaient tragiques, parce qu'ils avaient tout. C'est donc la nécessité des oppositions et des passions contraires, seul fondement possible du drame, qui a donné, dans la poétique moderne, aux bâtards et aux forçats, la place qu'avaient, dans la poétique ancienne, Agamemnon et Thyeste. Il y a en effet deux moyens naturels de rompre la ligne d'un niveau, c'est de monter ou de descendre ; et depuis que la société n'a plus de héros au dessus d'elle, on en a cherché au dessous. Le drame antique était sur une montagne ; le drame moderne est dans un puits.

C'est le même besoin d'opposition et d'obstacle qui a porté certains poètes à donner au drame et à la poésie le laid pour base. Le laid est une négation, comme la bâtardise et comme la mort civile; et Quasimodo est tragique, parce qu'il jette un regard d'envie et de désespoir vers le beau, du fond de sa difformité; comme Antony, parce qu'il aspire en vain à la famille, du fond de son isolement, et Vautrin, à la société, du fond de son bagne.

Seulement, pour que la poésie et le drame aient dans le laid une base solide, il faut que ce laid, considéré à un certain point de vue, précisément au point de vue du personnage dans lequel il réside, puisse paraître beau.

L'auteur va s'expliquer.

Pour un chrétien, aux yeux duquel l'âme est tout et le corps peu de chose, la difformité de Quasimodo n'existe pas. C'est un homme, c'est un frère, qui a des idées dans sa tête, des sentiments dans son cœur, des passions dans son âme, qui comprend, qui aime, qui désire, et qui aurait dans l'estime, dans les affections et dans la gloire du monde la même place que tous les autres, s'il suffisait de la mériter. Quasimodo a donc raison dans sa lutte et dans son désespoir. Voilà pourquoi il est poétique. Il en est de même d'Antony. Pour un chrétien, aux yeux duquel le mérite est tout et le bonheur de l'origine peu de chose : naître dans la famille ou hors de la famille, ne constitue ni une gloire, ni une honte. Le bâtard a toujours pour frères tous les autres hommes, qui sont comme lui fils de Dieu. Antony n'a rien fait pour n'avoir à nommer ni un père ni une mère; il a donc aussi raison dans son désespoir et dans sa lutte; voilà pourquoi il est également poétique.

Vautrin n'est point placé dans le même ordre d'idées. Il n'y a rien en lui sur quoi il puisse honnêtement et fièrement s'appuyer, pour lutter contre le monde qui le repousse. Quasimodo et Antony ne sont que la négation du beau selon les opinions des hommes; Vautrin est la négation du beau selon les hommes et selon Dieu. Quasimodo et Antony peuvent dire : Qu'ai-je donc fait? qui est le cri de toutes les grandes et nobles douleurs humaines; Vautrin ne peut pas le dire. Il n'y aurait qu'un côté par lequel Vautrin pourrait être beau; c'est le repentir; mais alors Vautrin ne serait plus Vautrin.

L'auteur a déjà dit que Vautrin luttant contre la société du fond de son bagne était néanmoins tragique; mais la tragédie a plusieurs nuances, depuis l'idée jusqu'à la sensation; depuis Talma, l'acteur, jusqu'à Montès, le matador.

C'est principalement, au moins à l'avis de l'auteur, le nivellement des sociétés modernes qui a porté les romanciers et les poètes, quelques-uns peut-être à leur insu, à remplacer, par la recherche des types abaissés ou dégradés, les grandes personnalités morales de l'antiquité elle-même; mais les esprits en ont été détournés par le discrédit dans lequel les Grecs et les Romains étaient tombés, après les tragédies du dix-septième et du dix-huitième siècle.

L'auteur est persuadé qu'un examen plus attentif de la question l'eût fait résoudre dans un sens contraire.

C'est une erreur de penser qu'il y ait quelque chose de grec ou de romain dans l'œuvre tragique des grands maîtres français. La critique littéraire n'imposait pas aux poètes, du temps de Louis XIV et du temps de Louis XV, la reconstruction exacte des époques évoquées au théâtre. La question n'est même pas de savoir si Racine eût pu, avec les ressources que l'histoire offrait au dix-septième siècle, reproduire dans leur vérité grandiose et un peu sauvage les héros d'Homère ou les empereurs de Tacite : il suffit de savoir qu'il n'y songeait pas. Racine était un homme trop savant pour avoir fait de la tragédie grecque d'*Ion*, sa tragédie juive d'*Athalie*, s'il avait pensé qu'il fût nécessaire de mettre au théâtre des mœurs exactes. Pourvu qu'on reconnût Louis-le-Grand dans Achille, et mademoiselle de La Vallière dans Junie, son but était rempli. Or, il est douteux que le roi eût voulu être représenté sous les traits d'un soldat ayant des bottes d'étain, s'asseyant par terre, et mangeant du bœuf grillé, avec ses doigts, comme l'Achille d'Homère ; et Voltaire demandait pardon aux marquises de Versailles de les comparer à Tullie, à Cornélie, et aux autres héroïnes romaines, qui avaient, dit-il, les jambes rouges, et qui ne portaient pas de bas.

Les Grecs et les Romains, avec leurs vraies idées, avec leurs vraies croyances, avec leurs vraies passions, sont donc, l'auteur ose l'affirmer, complétement inconnus; et ce serait, quelque air de paradoxe qu'il y ait à le dire, une chose absolument neuve dans un roman ou dans un drame, qu'une véritable peinture de Tibère ou d'Agamemnon.

C'est encore un préjugé, au sens de l'auteur, de s'être imaginé que les temps antiques ne comprenaient que la tragédie : ils comprennent encore et aussi bien la comédie, car l'une ne va pas sans l'autre. Il y a donc un grand drame tragique et un grand drame comique à bâtir sur les passions et sur les ridicules de l'antiquité. L'auteur n'ose pas insister là-dessus, ne voulant pas faire injure à ceux qui ont lu Térence et Sénèque, Aristophane et Sophocle.

Maintenant, et l'auteur demande qu'il lui soit permis d'insister vivement sur ceci, il ne faudrait pas juger du drame que contient l'antiquité par celui qu'il en a tiré lui-même. Tout plongeur qui va au fond de la mer n'en rapporte pas les perles qui s'y trouvent.

Ce livre est l'essai, appliqué aux hommes et aux choses antiques, d'un ordre d'idées critiques nouvelles, différentes de la poétique suivie par les maîtres grecs et par les maîtres français.

C'était l'habitude des Grecs, et des Romains, imitateurs des Grecs, et des modernes, imitateurs des Romains, de construire le drame sur une légende traditionnelle. Toute la tragédie antique est ainsi de l'histoire. Cette donnée critique tenait à ceci : pour les Grecs, l'histoire des demi-dieux et des héros était de la théologie, et la tragédie une composition religieuse. Hercule, Thésée, Cadmus, Agamemnon, étaient des personnages hiératiques, appartenant à la tradition sacrée, et sur lesquels les poètes ne pouvaient rien inventer.

Les maîtres français, en empruntant au drame grec ses règles fondamentales, ne se rendirent pas bien compte des causes qui lui avaient donné sa base historique. Ils l'adoptèrent donc, mais sans réflexion et sans logique, on peut le dire, puisqu'ils la brisèrent plusieurs fois, même dans ses points les plus essentiels. Ainsi, dans sa tragédie d'*Andromaque*, Racine prit sur lui de faire d'Hermione une jeune fille capricieuse, éprise tour à tour de Pyrrhus et d'Oreste, et mourant sans avoir épousé ni l'un ni l'autre ; tandis que, dans l'histoire grecque, elle les épousa tous les deux : Pyrrhus d'abord, Oreste ensuite. Elle eut même un enfant de ce dernier.

La tragédie française, à l'imitation de la tragédie grecque, se donna donc l'histoire pour fondement. Le poète prit un événement sanglant dans la tradition, la mort de Polyeucte, la mort de Britannicus, la mort de César, et il le disposa selon la forme scénique. Ce fut là le procédé général suivi dans sa formation. Corneille, qui adoptait volontiers les données du théâtre espagnol, resté plus national que le nôtre, fit *Cinna* sans verser du sang au dénoûment. On compterait encore quelques exemples analogues ; mais ils sont rares, et la critique les a toujours considérés comme une exception.

Il y avait pourtant de nombreux et de grands vices dans ce procédé.

Premièrement, on ne remarquait pas que la vie et la mort des demi-dieux et des héros, qui avaient pour les païens un intérêt religieux, n'avaient même pas pour nous un intérêt historique.

Secondement, l'histoire n'est jamais par elle-même d'un intérêt bien saisissant ; et les poètes modernes étaient obligés, pour rendre les demi-dieux et les héros supportables, d'altérer leur légende théologique, et d'y mêler toute sorte d'événements d'invention qui en dénaturaient la portée.

Troisièmement, les catastrophes éclatantes des grands hommes, auxquelles les poètes empruntaient leurs tragédies, devenaient, une fois consignées dans l'histoire, des faits immuables et absolus ; et il était fort grave et à la fois fort difficile d'y ajouter, ou

d'en retrancher quelque point, pour les accommoder aux exigences d'une action dramatique.

Quatrièmement, la nature est une chose, et l'art en est une
autre ; la nature suit, pour produire les événements, de certains
procédés qui lui sont propres et qui ne ressemblent pas aux procédés de l'art ; elle a les siècles et l'univers pour étendre les faits
dans le temps et dans l'espace, tandis que l'art n'a, pour espace,
qu'un palais, et, pour temps, que quelques heures. Les événements historiques n'ont donc pas le même caractère et la même
forme que les événements dramatiques, et les poètes ne réussis-
saient jamais à les allier complètement. La date tuait l'invention
ou l'invention tuait la date.

La poétique des maîtres grecs, modifiée par les maîtres français du dix-septième et du dix-huitième siècle, avait ainsi une
donnée générale fausse, qui arrêtait les développements de l'art.
Employant à la fois l'invention et l'histoire, elle les combinait
d'une manière si malheureuse, qu'elles se détruisaient mutuellement. Walter-Scott lui-même, cette grande poésie au service
d'une grande science, n'avait pas pu échapper au vice de la
théorie ; et les hommes intelligents et instruits qui étudiaient son
œuvre immortelle, regrettaient amèrement de voir son imagination, même en se modérant et en réglant son essort, trébucher
fréquemment aux anachronismes ; de telle sorte que la poésie
perdait là même où la science ne gagnait pas.

La France pourra revendiquer l'honneur d'avoir réparé la faute
qu'elle avait du reste commise elle-même ; et la génération littéraire d'aujourd'hui, malgré la répugnance naturelle aux hommes
de saluer les gloires présentes, recevra le prix de ses idées fécon-
des et nouvelles. « Rome, s'écriait Martial, tu lisais Ennius, du
vivant de Virgile, et Ovide n'était connu que de Corinne ! » Les
hommes ne sont pas changés depuis Martial. On niait les grands
poètes du dix-septième siècle, au profit des anciens ; on nie les
grands poètes d'à présent, au profit de Racine et de Corneille ;
mais la justice de l'avenir se lève pour toutes les gloires, comme
le soleil pour tous les yeux.

Les maîtres de l'art nouveau, qui donnent un si grand lustre
aux lettres françaises, ont profondément modifié, avec raison
selon l'auteur, la poétique des anciens, altérée par le dix-septième siècle. La révolution qu'ils ont faite consiste dans un emploi si bien combiné de l'invention et de l'histoire, que, loin de
se nuire et de se combattre, elles s'appuient et se complètent.

Tout l'effort à faire pour atteindre ce but, consistait à ne pas
employer, ainsi que l'avaient fait les maîtres français, l'invention
et l'histoire au même objet ; et comme le drame contient deux
choses, les événements et les mœurs, il fallait appliquer l'invention aux uns, et l'histoire aux autres.

C'est ce que les maîtres d'aujourd'hui ont fait.

Ainsi, la règle était d'emprunter à l'histoire l'événement capital du drame, et de grouper autour de lui des événements secondaires inventés : maintenant, la règle est d'inventer l'événement dans tout son ensemble, et de n'emprunter à l'histoire que le cadre d'idées, de mœurs, de langage, de topographie et d'architecture, dans lequel il est exposé. De cette manière, l'imagination et la science demeurent parfaitement libres. Le poète, maître dans son domaine, donne aux faits tout le grandiose et toute la complication que comporte son idée ; et l'historien, juge suprême des choses accomplies, veille à ce que les événements aient tous les caractères de la tradition.

La poétique nouvelle du roman et du drame peut donc se résumer ainsi :

Le possible, dans le réel.

L'auteur s'est déjà excusé de la pensée qu'on aurait pu lui attribuer d'avoir voulu faire de ce livre la justification du système qu'il vient d'exposer. Le système lui est commun avec les artistes de ce temps-ci, qui apportent quelque réflexion à l'étude de questions littéraires ; le livre n'est que son œuvre propre, et il se connaît trop, pour vouloir qu'ils en aient la responsabilité.

En ce qui touche l'élément dramatique de ce livre, l'auteur doit se borner à dire qu'il est bien réellement fourni par la société romaine sous les empereurs. La puissance des nains favoris est fréquemment et longuement racontée dans les biographes ; et le code de Théodose porte la trace des lois faites contre les vieux comédiens, qui allaient racoler dans les provinces les jeunes filles vaniteuse, dont ils peuplaient ensuite les théâtres en plein vent et le Sommœnium.

En ce qui touche son élément historique, l'auteur en garantit la scrupuleuse exactitude. La théologie, le cérémonial, les mœurs domestiques, la topographie, l'architecture, les costumes, jusqu'à l'art culinaire, tout a été rigoureusement reproduit. Quelques personnes, amoureuses des souvenirs de l'antiquité grecque et latine, l'avait fortement engagé à publier les textes sur lesquels il s'est appuyé ; mais il n'a pas osé croire que son livre fût digne d'un tel déploiement d'érudition.

DANAË.

I.

Le Palais d'un Singe.

Lorsqu'on descend, à Rome, de la place de Venise à la place du Peuple, par la longue et belle rue du Corso, qui est l'ancienne voie Flaminienne, on trouve, à peu près à moitié chemin, à sa droite, vis-à-vis de ce qui reste d'un arc de triomphe de Marc-Aurèle, des ruines qui s'étendent vers l'aqueduc de la Vierge et les jardins de Lucullus. Ces ruines formaient, en l'année deux cent soixante de l'ère vulgaire, la septième année du règne de Gallien, un palais faisant face à la voie Flaminienne, et dont la vue s'étendait, de ce côté, sur toute la partie du Champ-de-Mars située entre l'amphithéâtre de Statilius Taurus et le mausolée d'Auguste. Cette partie de Rome était encore, à cette époque, à l'état de faubourg. La muraille d'Aurélien, qui doubla l'enceinte de la ville, et qui y renferma notamment toute cette vaste étendue de terrain qui s'étend de l'île San-Bartholomeo, le long du Tibre, jusqu'à l'extrémité du Champ-de-Mars, n'était pas encore bâtie. La voie Flaminienne aboutissait à l'ancienne muraille de Servius Tullius, par la porte Ratumène, au pied du mont Capitolin, un peu à gauche du tombeau de Bibulus. Les maisons étaient donc à l'aise dans cette partie de Rome, qui n'était point serrée par une ceinture de pierres, et elles s'y entouraient de grands jardins, surtout vers le mont Pincius, au pied duquel se déployaient les jardins de Pompée, les jardins de Lucullus et les jardins de Salluste.

Le palais dont nous parlons était petit et assez simple, quoiqu'il eût été bâti environ cent soixante-cinq ans auparavant,
par l'empereur Domitien, pour un singe de Tabraca, qu'il aimait
beaucoup. Sa mine franche et candide faisait contraste avec les
somptuosités architecturales que les Gordiens étalaient en ce
temps-là, dans la voie Prénestine. C'était un corps de logis à
deux étages, ayant un portique sur la rue, et un pavillon carré,
à trois étages, au milieu. Ces portiques, que les Grecs et les Romains affectionnaient beaucoup, étaient des galeries avec des
arcades, comme celles de la place Royale. Celui du palais de Domitien était supporté par des colonnes d'ordre ionique avec un
entablement horizontal, sans arceaux; et les nombreuses baies
du premier étage étaient de hautes fenêtres à plein cintre, sépa-
rées par des colonnes engagées, à chapiteaux corinthiens. Le
pavillon, du même goût que le logis, était couronné par une
architrave; et au milieu du fronton était sculptée une scène de
combat du cirque, où un mirmillon, ayant aux jambes des grèves
de cuivre, au bras droit un gantelet articulé, sur la tête un casque
d'acier à visière immobile, avec vue, ventail et gorgerin, enfon-
çait la pointe de son épée dans le poitrail d'une panthère. La
porte, à deux battants, ouvrait sur un grand vestibule, et des
deux côtés étaient appliqués, le long des pilastres, deux éteignoirs
en bronze, sous lesquels les coureurs et les valets de pied mettaient leurs torches, le soir, lorsque des personnages importants
venaient, en chaise, rendre quelque visite.

Il se passait visiblement quelque chose d'inusité dans le palais
de la voie Flaminienne, un soir du mois de juin de l'année 260,
sous le consulat de Junius Donatus et de Plutus Cornelius Secu-
laris. Il était alors habité par une danseuse fort belle et fort renommée, qui avait fait courir toute la ville de Rome aux derniers
jeux décennaires, célébrés par Gallien, au théâtre de Marcellus.
Danaë, c'était le nom de la danseuse, avait tout d'abord été dis-
putée à la misérable corporation de comédiens qui l'avait ache-
tée, disait-on, au marché des esclaves; et, comme elle n'avait
été guère consultée dans le choix de son vainqueur, elle se trouvait la protégée ou la proie de son Excellence le seigneur Crispiciole, nain favori de l'empereur, déjà devenu, en cette qualité,
doyen du collège des augures, intendant des aqueducs et comte
gouverneur du palais.

Il se disait, parmi les barbiers du mont Quirinal, que son Excellence le comte Crispiciole était désespérément jaloux; et les
cuisiniers de louage, qui stationnaient sur le forum d'Antonin,
racontaient aux étrangers, venus à Rome par curiosité, et qui ne
voulaient pas repartir sans avoir mangé du fameux plat de *pen-*
tapharmacum, inventé par l'empereur Ælius Verus, dans lequel
il entrait de la tétine de truie, du faisan, du paon, du jambon

glacé et du sanglier, de terribles et de sombres aventures, selon lesquelles l'intendant des aqueducs aurait fort souvent compromis la pureté de l'eau Martia, de l'eau Claudia et de l'eau de la Vierge, par l'infusion indéfiniment prolongée de plusieurs galants, disparus mystérieusement, après avoir rôdé autour du palais de la voie Flaminienne.

Le soir du jour dont nous parlons, au moment où la chaleur devenait moins forte, où le soleil, noyé, au couchant, dans des vapeurs orangées, s'éteignaît, par-dessus le mont Janicule, dans les sommets de la forêt Blanche; où les volets des maisons, fermés pendant les heures paisibles de l'antique sieste romaine, laissaient voir, en s'ouvrant, toutes sortes de belles esclaves, aux bras nus, une aiguille dans les cheveux et les joues enluminées de carmin; plusieurs chaises dorées, précédées de coureurs maures, et portées par quatre Liburniens en livrée, s'étaient successivement arrêtées devant le portique du palais; et, à voir les deux chevaux d'Espagne que des valets de pied ramenaient à la longe, couverts de leurs housses de pourpre, et les pieds chaussés de fers d'argent, on devinait sans peine que deux sénateurs se trouvaient parmi les grands personnages reçus à cette heure dans le pavillon qu'habitait Danaë.

Cétait, en effet, une chose d'étiquette romaine, déjà établie à cette époque, de ne permettre l'usage des chevaux qu'aux sénateurs, dans la ville, aux marchands de porcs, dans la banlieue, et aux gouverneurs, dans les provinces. Il n'y avait même pas longtemps que les chevaux étaient exclusivement permis aux triomphateurs, et que les plus nobles Romains se servaient de chaises ou de carrioles à deux roues, traînées par des mules. Le nombre effrayant des bandits qui exploitaient à cheval la campagne romaine avait fait prendre cette mesure; et si la respectable corporation des marchands de porcs avait été, en raison des nécessités de son état, assimilée aux sénateurs, dans la banlieue, ce n'avait été qu'à la condition d'être responsable de tous les crimes et méfaits qui viendraient à s'y commettre par des hommes à cheval.

Pendant que les nombreux serviteurs ramenaient au logis les chaises et les montures de leurs maîtres, avec ordre de revenir à minuit, le portique du palais de Danaë s'emplissait de clients, danseurs émérites, avocats, poètes, qui venaient eux-mêmes chercher la sportule, que le chef de l'office leur distribuait. La sportule était un petit panier rempli de provisions plus ou moins recherchées, que le patron offrait à ses clients, aux grands jours. Le comte Crispiciole, qui avait voulu entourer Danaë de tous les grands respects rendus aux familles illustres, avait exigé de ses clients qu'ils honorassent la danseuse du théâtre de Marcellus à l'égal d'une patronne; et, comme il n'avait pas permis qu'ils allassent la saluer tous les matins, ainsi que c'était le devoir des clients, de peur que quelque chevalier romain, espèce fort aventureuse, ne se mêlât aux visiteurs, il avait réparé cette brèche, faite aux usages, par une fréquente et large distribution de sportules ; ce qui du reste convenait fort à tout le monde, surtout à Danaë, solitaire et triste, au dedans, comme toutes les personnes qui sont bruyantes et évaporées au dehors ; car qui dépense sa joie économise son chagrin.

Ah ça ! s'écrie le lecteur, il y a une heure que vous nous faites attendre à la porte de votre palais de la voie Flaminienne, avec des distinctions sur les diverses enceintes de Rome, et avec des dissertations sur l'étiquette. Est-ce que vous vous imaginez nous faire passer notre temps dans la rue, comme dans les comédies de Molière, où les gens que l'on va voir, et à la porte desquels on frappe, prennent la peine de descendre eux-mêmes en robe de chambre, et d'aller recevoir, debout, leurs visiteurs au milieu du chemin ? Passe encore si vous nous aviez amenés devant la maison dorée de Néron, qui allait depuis l'amphithéâtre de Vespasien, qui est aujourd'hui le Colysée, jusqu'aux jardins de Mécène : mais nous sommes dans un quartier désert, devant une bicoque bâtie pour un singe, et où vous prétendez qu'habite une merveilleuse actrice du théâtre de Marcellus, que nous n'avons pas vue. Comme vous ne nous avez rien donné de ces petites corbeilles, que les clients affamés emportent sous leurs lacernes, veuillez, s'il vous plaît, nous faire ouvrir la porte. Aussi bien le comte Crispiciole n'a-t-il rien à craindre, si la danseuse n'est pas plus belle que son palais.

Nous allons, doux lecteur, nous rendre à vos désirs, et soulever pour vous la portière deux fois teinte en pourpre qui ferme la chambre de Danaë. Cependant, vous avez tort de vous montrer si dédaigneux pour la rue, à une pareille heure. Voyez ! nos dissertations ont donné à la nuit le temps de venir ; les mêmes esclaves, qui avaient ouvert les volets au crépuscule, les ferment aux étoiles ; la lune, qui se lève toute ronde sur le mont Viminal, argente le sommet du môle d'Adrien, et allume de reflets éclatants les flots lointains du Tibre ; tout se voile, tout se dissimule, tout se tait ; à peine si quelque chaise de sénateur, attardé dans ses jardins, illumine çà et là les ténèbres des carrefours, par les flammes des torches qui la précèdent ; on n'entend plus du côté du camp des Prétoriens que la clochette des centurions, qui vont visiter les sentinelles ; et dans le sud de la ville, dans ces quartiers du mont Palatin, du temple d'Isis et de Sérapis, et de la voie Sacrée, où retentit, pendant le jour, la grande voix de Rome, c'est à peine si l'on distingue les sons de deux flûtes qui modulent au loin sur le mode ionique ; sérénade nocturne que quelque jeune chevalier va donner aux faciles beautés du quartier de Suburre.

Le vestibule du palais de Danaë était éclairé par une haute et large baie à plein cintre, faisant face à la porte, et donnant sur les jardins. A gauche, était la loge de l'esclave portier; à droite, un escalier en marbre noir lucullin, montant jusqu'au dernier étage. Danaë, qui s'était confinée dans ce pavillon, avait son triclinium, ou sa salle à manger, au premier étage, ainsi que diverses pièces d'apparat, que le comte Crispiciole avait merveilleusement décorées; mais elle affectionnait spécialement l'étage supérieur. Elle s'y était fait une grande salle toute fantasque, à la fois école de danse, boudoir et chambre à coucher, d'où la vue franchissait tout le Champ-de-Mars, et allait, à droite, par dessus le pont Milvius, dans les profondeurs de la vallée du Tibre; à gauche, par dessus le cirque de Néron, où est aujourd'hui la cathédrale de Saint-Pierre, sur la longue traînée que faisait la voie Triomphale, à travers le pays des Veïens.

C'est dans cette pièce élevée, sorte de belvédère commun aux maisons antiques, que Danaë se trouvait, à cette heure, avec son illustre compagnie. Les volets étaient clos; mais diverses torchères de cristal, appliquées aux murs, portaient de nombreuses bougies de cire blanche; et il y avait, au dessous d'une niche faisant face aux fenêtres, et où se trouvait, vêtue d'habits de drap d'or, une statue de Bacchus, une grande lampe en forme de cratère, où brûlait, avec une mèche de coton, de l'huile de rose et de jasmin.

Danaë avait fait décorer et meubler très irrégulièrement sa pièce favorite. Des amateurs sévères auraient fort critiqué le mélange qui s'y trouvait du goût romain, du goût grec et du goût asiatique. Un immense tapis de Babylone couvrait le plancher. Ce tapis, quoique exécuté en Perse, avait été fait sur des dessins venus d'Athènes ou de Corinthe, de même qu'on trouve fréquemment aujourd'hui de la porcelaine du Japon, avec des écussons français; et il représentait une belle chasse au faisan, dans la Colchide, avec des pages qui portaient des faucons sur le poing, comme on en trouve de mentionnés dans la comédie des *Oiseaux* d'Aristophane. Les murs étaient couverts par une grande tenture blanche en laine d'Altino, relevée aux extrémités par des arabesques d'or; et l'on pouvait choisir, pour s'asseoir, entre d'antiques fauteuils romains, provenant du célèbre encan que Caligula avait fait à Nîmes, des meubles de tous les palais impériaux, et des lits grecs en bois argenté et en bois doré, couverts d'étoffes de soie.

La reine du théâtre de Marcellus et du palais de la voie Flaminienne était assise nonchalamment dans une grande chaire en bois d'ébène, aux pieds et aux montants sculptés en manière de colonne torse, assez semblable au fauteuil dans lequel Pradier a placé une statuette de Jupiter olympien, aux pieds de son Phidias, dans le jardin des Tuileries. Le dossier de la chaire était garni en étoffe de soie brodée à l'aiguille, et les pieds de Danaë posaient sur un coussin de pourpre.

Elle était petite et brune. Ses cheveux noirs, admirablement plantés, de l'une à l'autre tempe, autour de son beau front, étaient relevés, torsadés et retenus, très bas, derrière sa tête, avec une aiguille d'or, terminée par une émeraude. Le teint de Danaë avait cette couleur terne et mate de l'argent dépoli, propre aux femmes à la fois rêveuses et vives. Son front était pur, ses sourcils noirs et déliés aux extrémités; et la longueur excessive de ses cils tempérait le regard de panthère que la passion allumait quelquefois dans ses yeux. Son nez, quoique légèrement déprimé à sa naissance, selon le type des races occidentales, était droit, délicatement dessiné, et doué d'une mobilité étrange à la base des narines. Elle avait la bouche plutôt grande que petite; mais ses lèvres étaient si minces et si fines, et ses dents, de cet émail blanc faiblement azuré, qui est le plus fragile et le plus beau, avaient tant d'éclat et de grâce dans un sourire, qu'on oubliait, à sa douceur infinie, l'aspect général du visage, d'une beauté rare et exquise, mais où dominait un indicible caractère de préoccupation sombre et sinistre. Et si l'on voyait cette petite tête, à arêtes vives et pourtant sans maigreur, sur laquelle le jour projetait toute sorte d'ombres qui estompaient la crudité des lignes, tourner sur un cou charmant, avec une mobilité onduleuse et féline, on se disait que pour aimer cette femme il fallait être hardi, car son affection devait être bien sérieuse et sa haine bien terrible.

Le comte Crispiciole n'avait pas voulu que Danaë portât le costume assigné par les lois somptuaires aux femmes de son rang. Elle était donc vêtue comme une matrone romaine; mais la danseuse avait aussi ses lois somptuaires, et l'antique Cornélie aurait frémi d'horreur, si elle avait vu sa stole sévère, revue, corrigée et diminuée, telle que Danaë la portait à cette heure. L'étoffe en était d'une soie à ramages, que les vaisseaux de la compagnie des marchands du Tibre avaient apportée des Indes. La taille, coupée de grande longueur, allait de la naissance des épaules au bas de la poitrine, appliquée sur un corset de minces lames de tilleul, que l'empereur Antonin-le-Pieux avait mis autrefois à la mode. La ceinture en était serrée au moyen d'un large ruban de soie broché d'or, retenu sur le devant du corset par une boucle de perles; et la jupe, amplement développée et à queue, était portée, lorsque Danaë marchait, par un petit esclave éthiopien le plus noir du monde. La stole était pourtant plus courte du devant qu'elle n'aurait dû l'être; [mais Danaë n'avait pas pu passer, sans transition, de son jupon de théâtre à sa robe de grande dame. D'ailleurs, elle avait, en guise de bas, des grèves en cuir brun de Venise, doublées de soie rose, qui allaient du genou à la cheville, et qui se boutonnaient sur le côté extérieur de la jambe, avec des boutons de diamant. Ses pieds jouaient dans deux mules mignonnes de satin blanc, à talon haut, avec des gauffrures d'argent ; et, comme l'une d'elles était tombée, accident fort ordinaire et fort indifférent en lui-même, elle appuyait, au moment dont nous parlons, sur son coussin de pourpre, un pied nu si petit, si ferme et si charmant, que les poètes anciens qui l'auraient vue n'auraient pas voulu lui comparer les gazelles, et que les poètes modernes n'auraient pas osé lui comparer Cendrillon.

La chaire de Danaë occupait un des angles de la pièce, et tout autour d'elle et devant elle étaient assises quelques personnes, différentes d'âge et de condition. Le plus rapproché, à sa droite, était un jeune sénateur romain, figure douce et mélancolique ; il se nommait Cornélius Céthégus, et il avait toujours les bras nus, signe caractéristique de ceux de sa race. A sa gauche était un autre sénateur, nommé Julius Serranus, ami de Cornélius Céthégus, et le raillant quelquefois sur la sombre tristesse qui avait gagné son âme, depuis qu'il avait vu Danaë danser pour la première fois un cordace, aux jeux décennaires. A côté de Cornélius Céthégus était un gros personnage, portant la laticlave : c'était l'un des consuls de l'année, Junius Donatus, qui avait une fort jolie femme, et qui s'honorait d'une grande déférence pour le comte Crispiciole. Le bonhomme avait pour infirmité d'être plongé dans une somnolence perpétuelle, ce qui l'avait exposé dans sa vie à de très singuliers accidents. Il y avait parmi les autres personnages un centurion aux gardes prétoriennes, le flamine de Jupiter et deux chevaliers.

Au moment où nous avons soulevé la portière de la chambre de Danaë, toutes les bouches étaient malignement souriantes, et tous les regards s'étaient portés sur le vénérable consul Junius Donatus, qui venait de céder, après quelques moments de lutte, à son sommeil normal et constitutif. Le sénateur Julius Serranus racontait, à voix basse, une anecdote récente, au sujet de la somnolence du consul, laquelle s'était dite avec un grand succès parmi les promeneurs oisifs du portique d'Octavie. Le consul avait invité à dîner, le jour des dernières calendes, le comte Crispiciole. Or, celui-ci était gravement soupçonné de s'être laissé prendre aux beaux yeux de la femme de son amphitryon. Il s'était donc approché d'elle, après dîner, et la causerie devenait fort vive, lorsque le consul, qui par hasard n'avait pas sommeil ce jour-là, mais qui savait tout ce qu'un homme comme lui devait au nain favori de l'empereur, se mit à fermer les yeux et à faire semblant de dormir. Un esclave qui desservait la table, et qui ne soupçonnait pas dans le consul de si profondes combinaisons, voyant d'un côté le comte occupé, et de l'autre son maître endormi, s'empare prestement d'un flacon de falerne et s'apprête à le vider d'un trait ; mais Junius Donatus, qui tenait fort à son vin, s'éveille à point de sa léthargie factice, et, appliquant un rude coup de pied à l'esclave, se met à lui crier :

— Crois-tu donc, coquin, que je dorme pour tout le monde ?

A ces mots, les rires étouffés de Danaë se firent passage en éclats, et le consul, réveillé en sursaut, demanda ce qu'il y avait.

— Il y a, seigneur, répondit en souriant Danaë, que vous m'avez gagné la gageure, et que je la paie. J'ai gagé contre vous tous que le comte gouverneur ne me permettrait pas de vous recevoir dans mon palais, en son absence ; et je vous ai promis, si je perdais, de vous raconter mon histoire. J'avais trop présumé de la jalousie de Son Excellence. J'ai perdu, puisque vous êtes ici. Je vais donc m'acquitter à la hâte, car il se pourrait bien que le comte revînt sur sa permission. Je ne vous cache pas que je regrette d'avoir engagé ainsi ma parole ; car mes aventures sont surtout la triste odyssée de mes sentiments ; et de pareils secrets, arrachés du sanctuaire de ma pensée, ont moins besoin d'une oreille qui les écoute, que d'une âme qui les comprenne.

Cornélius Céthégus, qu'elle regarda en disant ces paroles, poussa un soupir étouffé ; le consul Junius Donatus se rendormit malgré lui ; les autres personnages se rapprochèrent par un mouvement de profonde curiosité ; et Danaë, après un moment de silence, reprit en ces termes :

II.

Histoire d'une Bergère romaine,

Je ne suis pas de Milet, comme le pensent les uns, ni de Cadix, comme le pensent les autres ; je ne suis pas non plus une déesse, comme le disent les poètes dans leurs distiques menteurs, et comme vous me l'avez répété, Conélius ; je suis une pauvre bergère des Pyrénées, du bourg de Tarbes, dans la Bigorre. Mon père, vétéran des armées de l'empereur Septime-Sévère, après avoir servi trente années, dans la cohorte des archers gaulois, ayait participé à une assignation de terres, appartenant au domaine public, qui fut faite aux vieux soldats, dans le midi de la Gaule, par ordre de l'empereur Maximin, après qu'Alexandre Sévère eut été assassiné à Mayence. Vous savez que le soldat romain donne à la patrie le meilleur de son sang et de ses années ; et quand on lui ôte la pique de la main, il ne lui reste pas une grande vigueur pour prendre la charrue ou la pioche.

Mon père, déjà épuisé, déjà rompu par les fatigues de la guerre, affaibli par les blessures qu'il avait reçues, des Goths, sur les bords du Danube, des Perses, sur les bords de l'Euphrate, voyait venir avec tristesse, au milieu de son petit champ, sous la cabane bâtie de ses mains glorieuses, les froides années de la vieillesse et du délaissement. Il trouva un de ces pâtres des Pyrénées qui promènent incessamment, à travers les landes et les forêts, leurs troupeaux de brebis et de chèvres ; passant la chaude saison dans les hautes vallées des montagnes, et descendant, à la saison des neiges, sur les plateaux des Gaves et de l'Adour. Il avait une jeune et belle fille, fière et nomade comme lui. Le vieux soldat fut ému de tant de simplicité, de grâce et de sagesse ; il l'épousa. Au bout d'un an, je naquis ; mais hélas ! je coûtai la vie à ma mère. Le pâtre et le vétéran ne se quittèrent plus désormais ; et je me souviens confusément des larmes qu'ils répandaient l'un et l'autre sur mes joues, en prononçant le nom de ma mère, quand je jouais tout enfant sur leurs genoux.

Je grandis ainsi, dans cette pauvreté digne et abondante de l'agriculteur et du berger. Mon père, en qui le chagrin avait encore affaibli les forces, renonça tout à fait à son champ ; il dit adieu à son modeste enclos, où les restes de ma mère, morte si belle et si jeune, avaient été déposés ; et les deux vieillards emmenèrent leurs troupeaux, par une belle journée d'automne, dans ces vastes bruyères, parsemées de bouquets de pins, qui s'étendent, au couchant de la Gaule, jusqu'aux grèves de l'Océan.

Ce que je fis, ce que je sentis, ce que je pensai, durant les quatorze années que je passai ainsi le long des Pyrénées, gravissant la montagne au mois de mai, la descendant au mois d'octobre ; vivant au milieu de brebis sans nombre, qui tondaient les herbes devant moi ; voyant peu les hommes, ne soupçonnant guère les choses ; jouant avec les chiens blancs comme neige qui défendaient les troupeaux contre les ours ; admirant les bois, les eaux, les étoiles ; honorant les dieux, songeant à ma mère : c'est un long souvenir qui poudroie, tout irisé de reflets d'or, sur le chemin déjà fait de ma vie, et sur lequel j'aime à reporter quelquefois mon regard pour le rafraîchir, et mon âme pour la consoler.

Vous êtes fier de votre Italie, vous autres Romains ; mais l'Italie qui est belle, ce n'est pas celle de la nature, c'est celle des poètes. Si le midi de la Gaule avait aussi des poètes, si Théocrite et Virgile, ces divins menteurs, avaient habité les bords des Gaves de la Bigorre, au lieu d'habiter les penchants de l'Etna ou les campagnes de Mincius, croyez bien que leurs chevreaux, suspendus aux flancs des Pyrénées, y auraient brouté des cytises plus suaves, et que Thestylis, pour piler l'ail des moissonneurs, n'aurait pas eu besoin de brûler au soleil ses bras et son cou de bacchante.

Vraiment, vous avez un beau soleil, dites-vous? mais à quoi vous sert-il donc, puisque vous êtes forcés de vous cacher quand il se montre? Qu'éclaire-t-il donc, ce beau soleil d'Italie? Des campagnes arides et haletantes de soif, des chemins crayeux, à reflets lustrés, qui offusquent la vue; des rocs bruns et stériles, où la saxifrage insinue à peine ses racines déliées; des haies de troène rachitique, toutes blanchies de poussière; des oliviers pâles et valétudinaires, au sommet desquels la cigale crie sa chanson; et dans les villes, qui sont quatre ou cinq heures par jour de vraies nécropoles, où les rues sont désertes, les portes closes, les fenêtres pavoisées de toiles, pour appeler le vent qui ne vient pas, des pavés étincelants comme ce miroir d'acier, où les pieds sont brûlés et les yeux aveuglés; voilà votre soleil, beau quand il vient, beau quand il s'en va, vrai tyran quand il domine vos têtes, et qui a besoin, pour être béni, qu'on l'espère ou qu'on le regrette.

Cette tirade de Danaë contre le soleil d'Italie réjouit fort ses auditeurs. Le bruit qu'ils firent en l'applaudissant réveilla le sénateur Junius Donatus, qui la complimenta aussi de son côté, après s'être fait dire de quoi il était question; et il se promit de rester éveillé pendant le reste du récit, promesse évanouie aussitôt que conçue. Il est fâcheux, du reste, pour la vigueur du plaidoyer de Danaë contre le soleil d'Italie, qu'elle n'ait pas vécu sous le règne d'Honorius; car elle y aurait pu ajouter pour grief dominant et irréfutable, que les Goths, commandés par Alaric, prirent Rome le 24 août de l'année 408, par une chaleur étouffante, pendant que les habitans faisaient la sieste.

— Le soleil de la Gaule, reprit-elle, quand on eut fait silence, n'est pas comme le vôtre, un astre de forgeron ou de rôtisseur. Ce sont les poètes de la Grèce et de l'Italie qui ont imaginé de dire que l'aigle seul pouvait regarder le soleil. Le soleil de mon pays souffre et aime qu'on le regarde. Les fleurs dressent vers lui leurs calices du fond des vallées, et l'alouette, qui chante en montant à pic dans les airs, lui parle d'aussi près et aussi familièrement que l'aigle du mont Athos. Cette petite prunelle de femme l'a souvent contemplé, dans sa gloire, au sommet des Pyrénées, lui rendant caresse pour caresse, et éclair pour éclair.

Les organes de l'homme sont ainsi faits, que l'extrèmement petit et l'extrèmement grand lui échappent. Nous n'entendons ni le vol des moucherons qui passent sur l'eau des fontaines, ni

le vol des sphères qui passent dans l'azur des cieux. Trop ou
trop peu de lumière nous empêchent également de voir. Ici, à
Rome, vous dormez à midi, comme à minuit, parce que l'excès
du jour produit sur les êtres comme nous le même effet que
l'excès des ténèbres. Dans l'heureux climat où je suis née, le
ciel et la terre semblent avoir pris en pitié la faiblesse de
l'homme, tant ils se laissent toucher par sa main, regarder par
son œil. Aussi, je sais des montagnes, des ruisseaux, des champs
et des bois, enfin, de la nature entière, des choses que les dieux
nous révèlent là-bas, et qu'ici vous ne saurez jamais.

Je vous ai entendu quelquefois, Cornélius, me lire, en me les
expliquant et en me les vantant, les plus beaux passages de la
poésie pastorale de votre Virgile. Que cela est loin de cette poésie de mes souvenirs et de mon cœur, aux moments où je re-
passe, comme les perles de mon collier, les beaux jours de ma
vie simple et pure ! Où avez-vous notre fougère si verte, qui
amortit les reflets du jour? Où avez-vous nos sources d'eau vive,
qui jaillissent au penchant de toutes les collines? Où avez-vous
notre concert d'oiseaux, qui chantent incessamment aux noces
de la nature; les bouvreuils le matin, les merles à midi, les
rouges-gorges le soir, les rossignols la nuit? Où avez-vous nos
prairies sans bornes, où les enfants soulèvent autant de papil-
lons sous leurs pieds, que les esclaves soulèvent de grains de
poussière sur vos routes? Où avez-vous notre ciel qui se laisse
admirer à toute heure, notre brise qui apporte des parfums de
quelque côté qu'elle souffle, notre jour qui laisse travailler, notre nuit qui laisse reposer? Tenez, je remercie les dieux de deux
choses : d'abord, de m'avoir fait naître à la campagne, plutôt
qu'à la ville ; ensuite, de m'avoir fait naître dans un pays comme
le midi de la Gaule, où les yeux jouissent de tout, et ne souffrent
de rien.

Danaë n'eut pas moins de succès après avoir vanté la Gaule,
qu'après avoir dénigré l'Italie. Seul, Cornélius demeura pensif,
et ne se mêla point aux félicitations de ses voisins. Il n'était pas
difficile de comprendre qu'il commençait à aimer sérieusement
Danaë; et son instinct d'homme amoureux avait flairé quelque
passion, sous ces impressions si vives que la campagne avait
laissées au fond du cœur de la danseuse.

En général, quoique cela paraisse étrange, le spectacle de la
campagne, comme tout autre spectacle, ne contient que ce qu'on
y apporte. Quelquefois, il nous arrive de tressaillir vivement au
parfum d'une fleur, ou de tomber subitement en rêverie à quelque air de musique : si nous réfléchissions bien à ces choses,
nous trouverions toujours que cette fleur et cet air se rattachent,
dans le passé, à quelque profonde impression. De même qu'il y

a des températures qui réveillent les anciennes douleurs, il y en
a qui réveillent les anciennes et les intimes joies.

Eh bien! la campagne ne donne non plus aux yeux que le
plaisir qu'elle donne à l'esprit. Il faut, pour être frappé des aspects et des sites, qu'ils réveillent des idées et qu'ils opèrent des
comparaisons. Tout le monde a le regard des yeux, mais tout le
monde n'a pas le regard de l'âme : c'est pour cela que les uns
admirent et contemplent, là où les autres passent et ne voient
rien.

Cornélius Céthégus avait fait toutes ces réflexions avec la rapidité que l'amour jaloux donne aux idées. Il s'était dit que Danaë, petite bergère naïve, n'avait pas pu faire plus d'attention
aux ruisseaux et aux prés, que n'en font les oiseaux aux buis-
sons où ils dorment. Par Hercule! ajoutait-il, j'ai dans le Sam-
nium des bois qui sont superbes, quoi qu'elle en pense; et si je
demandais à l'une des esclaves de mes fermes ce qu'elle y a remarqué, elle me répondrait sans nul doute : « Ce sont des chênes, dont le gland nourrit les porcs de votre seigneurie. » Par
Castor! il y a quelque amour champêtre là-dessous; c'est le
manteau du galant qu'elle aura jeté sur le dos des Pyrénées.
C'est pour cela qu'elles ont si bon air à ses yeux.

— Danaë, — fit-il, d'un ton fort doux et fort contenu, — est-ce
que vous étiez seule avec le vétéran, votre père, et avec le vieux
pâtre de la Bigorre, quand vous couriez, aussi légère que la Ca-
mille de Virgile, sur les fleurs des prés de votre pays?

— Non, repondit Danaë, avec un sentiment de candeur divine;
il y avait encore Andronic.

— Ah! reprit Cornélius, désappointé comme un homme qui
vient de découvrir ce qu'il redoutait de savoir. Et quel était-il,
cet Andronic?

Andronic, continua Danaë, c'était un enfant presque de mon
âge, fils d'un vieux soldat romain, ami de mon père; orphelin
de mère comme moi, berger comme moi. Nos' familles nous
avaient laissés ensemble quand nous étions petits; nos occupations nous y laissèrent quand nous fûmes grands. Vous autres,
riches habitants des villes, vous envoyez vos esclaves mener
jouer vos enfants; vous leur avez inventé toutes sortes d'objets
frivoles, qui leur donnent des idées fausses des choses, et qui
rabaissent la nature au niveau de leurs mains; ce sont des oiseaux qui n'ont pas d'ailes, des chevaux qui galopent sur des
roues, ou des moutons qui ne paissent jamais. Nous autres, pauvres enfants de paysans et de pâtres, nous n'avons jamais joué;
nous avons toujours travaillé. A vrai dire, nous aurions fort méprisé les chevaux de bois, que vos enfants tirent dans vos jardins
avec une ficelle, nous, qui en voyions de si beaux et de si fiers,
ui se laissaient prendre et monter par nous dans les vallées, et

qui allaient briller ensuite dans les luttes des factions du cirque, ou aux triomphes de vos empereurs.

Andronic était, à sept ans, ce que vos enfants ne sont pas à quinze. Les chiens des Pyrénées, qui n'auraient pas peur des lions, le connaissaient et lui obéissaient. Il chantait le soir une chanson plaintive, pour dire aux troupeaux que la nuit était proche; et alors, il n'y avait pas de chèvre dressée le long d'un orneau, pas de brebis broutant l'herbe haute, pas de génisse émondant les jeunes pousses des aulnaies, pas de cavale se prêtant sur la plaine aux courses folâtres de son nourrisson, qui n'accourût, toute chose cessante, et qui n'entrât dans l'enceinte où l'on passait la nuit, sous la garde des chiens. Moi, qui étudiais sa volonté dans son regard ou dans son geste, je croyais ne faire que lui obéir; j'ai su plus tard que je l'aimais.

Quelquefois, nous trouvions de longues traînées de fraises sauvages sur la lisière des bois; il m'en faisait de grands bouquets, entremêlés de marguerites. Quelquefois, il courbait les branches basses d'une yeuse, dont il nouait les bouts; puis, il y mettait son manteau de pâtre, roulé en forme de siége, et il me balançait malgré mes cris.

Les années se passaient à ces douces choses; Andronic était devenu un homme; mes vêtements de bergère de la Bigorre, que voilà suspendus, et que je conserverai toujours, pour les porter le jour de ma mort, vous disent que j'étais grande aussi. Andronic me traitait avec une réserve et avec un respect qui me rendaient toute fière et tout heureuse; parce que je sentais qu'à la joyeuse familiarité de l'enfant il voulait substituer la grave affection de l'époux.

Un jour, le dernier de ceux de ma vie belle, paisible et heureuse, des hommes vinrent dans les pâturages où nous étions alors. Ils portaient un édit nouveau de l'empereur, qu'ils nous lurent. Cet édit annonçait que les Goths avaient franchi le Danube, et que tous les citoyens de l'empire, surtout les fils de vétérans, étaient appelés aux armes. Ces choses dites, ils prirent Andronic, et ils l'emmenèrent. Les vieillards, qui savaient qu'en effet la loi était bien ainsi, l'embrassèrent, en lui faisant jurer d'être toujours digne du nom romain; moi, qui ne savais rien de tout cela, sinon qu'Andronic m'aimait et que je l'aimais, je fondis en larmes, lorsqu'il me tendit la main tout pâle et sans pouvoir rien dire, et je crus que j'allais mourir.

Hélas! ne suis-je pas morte en effet, le jour où est morte mon âme? Reste-t-il quelque chose de nous, lorsque les affections les plus pures et les plus saintes se brisent, lorsque les espérances légitimes s'écroulent, lorsque cette voix intime de l'amour, qui nous encourage ou qui nous console, comme un bon génie, ne parle plus au fond de nos cœurs?

J'ai entendu les clients, qui se pressent le soir sous mon portique, se plaindre d'être pauvres, et d'avoir quelquefois souffert la faim. Moi aussi j'ai été pauvre ; j'ai souvent trempé mon pain dur dans l'eau des fontaines ; mais le travail est un bon riche, qui donne toujours à ceux qui vont lui demander. Qu'est-ce que cela, auprès des affections éteintes ? Lorsqu'on aime, on s'accoutume à arranger toute la vie de son âme, de manière à ce que chaque sentiment, chaque réflexion, chaque idée se rapporte à l'objet aimé. Vous avez quelquefois, dans vos jardins, quelque site gracieux ou sauvage, qui s'aperçoit de vos fenêtres, et qui offre des aspects empreints de mélancolie ou de majesté. Vous avez grand soin d'émonder à l'horizon les arbustes qui le masqueraient de leurs branches égarées ; vous tondez, s'il le faut, pour cela, les troënes trop vivaces, et vous retenez les cyprès dans leurs élans vers les cieux ; vous voulez que tout l'encadre et que rien ne le cache. Ainsi font ceux qui aiment. Andronic était pour moi cette merveille visible et rayonnante, sur laquelle se fixaient incessamment les regards de mes yeux et les élans de mon cœur. Je n'aurais permis à rien au monde, sinon à la crainte des dieux et à l'amour de mon père, de s'interposer entre lui et moi. Je ne pouvais pas vivre, sans que son image fût reflétée dans mes sentiments, dans mes pensées, dans mon existence. Vous voyez bien que je suis morte le jour où je l'ai perdu.

De ce jour, tout se fit sombre en moi et autour de moi. Il n'y eut plus de soleil, de gazons, de fontaines. J'allais faire de grands détours, pour éviter les lieux où nous nous étions assis, où nous nous étions aimés. L'hiver vint ; les blessures de mon vieux père se rouvrirent ; il mourut, en pleurant sur mes douleurs, qu'il avait comprises en se souvenant de ma mère. Le printemps suivant, le vieux pâtre, mon grand père maternel, mourut aussi. Je restai avec le père d'Andronic, qui recueillit tous nos troupeaux. J'étais donc seule, m'asseyant pendant des journées entières au pied des chênes, morne, immobile, me souvenant et pleurant. Je m'étais figuré follement que le Danube, où servait Andronic devait être du côté de Rome. L'idée d'armée ne se séparait pas, dans ma tête, de l'idée d'empereur et de l'idée de Capitole. Je croyais donc que, si je pouvais aller à Rome, je retrouverais Andronic. Je l'y voyais fier, brave, ceint de la fidèle épée que lui avait donnée mon père, et coiffé d'un beau casque de cuivre, surmonté et couronné d'une crinière de lion.

En ce temps passèrent à Tarbes des caravanes de ces racoleurs, vous savez ? qui vont par les provinces de l'empire, parlant aux jeunes filles des merveilles de Rome, et leur y promettant des robes de pourpre, des bottines de cuir de Venise et des colliers d'or. Je ne savais pas que ces infâmes les vendaient ensuite sur le marché aux esclaves, ou les mettaient dans des maisons hor-

ribles, qu'ils ont au Sommœnium. Moi, je ne leur demandai pas
des colliers d'or, des bottines vertes ou des robes de pourpre; je
eur 'demandai s'ils croyaient que je verrais Andronic à Rome.
Ils me dirent que certainement je l'y verrais, et je les suivis.
Pour moi, qui avais gravi dix fois les Pyrénées, un voyage,
quel qu'il fût, n'était qu'un jeu. J'étais au dessus de tout soup-
çon, parce que j'étais pure de toute mouvaise pensée. Il me semblait qu'il devait y avoir aussi à Rome des montagnes, des bois
et des troupeaux; vous voyez que j'étais une enfant, avec la passion et la volonté d'une femme. Après tout, si Andronic n'était
pas à Rome, la mort y était; je n'hésitai donc pas.

Ce que j'entendis, ce que je compris pendant le voyage m'é-
claira et m'épouvanta. Je me vis perdue, souillée, morte; car,
assurément, j'aimais mieux mourir, que de vivre indigne d'Andronic. Je pris donc mon parti avec courage; je résolus de mourir; mais, comme j'avais encore une dernière espérance au fond
de l'âme, je voulus essayer si en effet je ne trouverais pas Andronic à Rome, et j'attendis.

L'immensité de cette ville m'effraya. Des soldats prétoriens,
que nos infâmes ravisseurs avaient invités à venir nous voir et
nous examiner, et que j'interrogeai avec précaution, m'apprirent
que les archers gaulois, où servait Andronic, étaient en Orient. A
partir de ce moment, je refusai toute nourriture; je me recueillis
dans les souvenirs de ma vie passée, de ma mère et de mon père
morts, de l'ami de mon enfance perdu pour jamais, de mes seize
années passées sous le plus beau ciel du monde, et j'attendis mon
dernier jour et mon dernier chagrin.

Les marchands d'esclaves, qui virent ma résolution, et qui
avaient appris à connaître mon caractère, ne voulurent pas perdre les cent écus d'or qu'ils croyaient pouvoir encore tirer de
moi. Ils me frottèrent les pieds de craie blanche, comme on fait
aux esclaves que les navires apportent de l'Asie; ils me donnèrent un nom grec, le nom de Danaë, car je m'appelle Sylvula,
qui était le nom de ma mère, et ils me mirent au Forum de César, sur ces tréteaux que vous appelez Catastes.

J'étais trop pâle et trop défaite, pour ceux qui voulaient une
courtisane; j'étais trop jeune et trop maladive, pour ceux qui
voulaient une ouvrière. Je ne sais pas pourquoi mes espiégleries
d'enfant me revinrent, en ce moment suprême et terrible. Je
m'amusais à railler ou à effrayer les acheteurs qui venaient me
visiter et me marchander. Enfin, une vieille femme se présenta.
Il y avait sur son visage tant de loyauté et de bonté, que j'eus
pitié d'elle. Au moment où elle offrait trente écus d'or, qui allaient être acceptés, vu le peu de concurrence, je lui dis de réfléchir, et que cela faisait en tout trente-un écus, parce qu'elle
achetait un cadavre, qu'il faudrait faire inhumer demain. A ces

mots, le marchand d'esclaves leva son fouet pour me frapper ; mais la pauvre femme s'écria que j'étais à elle, ce qui calma le marchand, et je la suivis.

Cette femme, Cornélius, vous le savez, c'était votre propre esclave, la digne, la vénérable Fabiola, votre nourrice, qui n'a jamais voulu être affranchie, et qui m'achetait avec la dernière générosité dont vous aviez grossi son pécule. Je vous dois donc, quoique indirectement, d'être encore de ce monde. Peut-être qu'alors je ne vous en aurais pas su gré ; mais je vous en remercie et je vous en bénis aujourd'hui.

Ces dernières paroles, prononcées avec un accent de joie contenue, jetèrent Cornélius en des perplexités étranges. Que voulait dire Danaé ? il ne le savait, et il attendit.

— Fabiola, reprit-elle, me conduisit à la petite maison que vous lui avez donnée, dans l'Argilète. Là, elle me demanda pourquoi donc je lui avais dit qu'elle n'achetait qu'un cadavre ? ajoutant que j'étais jeune et forte, et qu'un de ses esclaves, médecin des plus habiles, saurait bien me rendre la santé. Elle était, depuis que j'avais quitté mon pays, la seule personne qui eût paru m'aimer. Moi, fille d'un vétéran des armées romaines, bergère des Pyrénées, faite pendant seize années aux habitudes fières et libres de la vie pastorale, je ne comprenais pas, je ne pouvais pas comprendre que je fusse à l'égard de Fabiola dans les rapports d'esclave à maître. Je me figurai que si j'avais eu ma mère, elle aurait été douce et bonne comme elle. Cette idée me fit fondre en larmes, et quand je pus parler, je lui dis pourquoi je voulais mourir.

Quand j'eus fini, Fabiola me prit dans ses bras, en me nommant son enfant. Elle m'a dit depuis, vous devez savoir si cela est vrai, Cornélius, que je ressemblais beaucoup à sa fille unique, votre sœur de lait, qui était morte à mon âge.

— Cela est vrai, dit Cornélius, d'une voix émue.

Elle ajouta qu'à cause de cette ressemblance, elle m'avait tout de suite aimée. Vous savez qu'elle est convertie à cette religion nouvelle, dont les sectateurs se nomment chrétiens. Elle a eu tort peut-être, fit-elle, en regardant le flamine de Jupiter, puisque le sénat ne voulut pas admettre le Dieu Christ dans le Panthéon, ainsi que le proposait l'empereur Tibère, souverain pontife ; mais elle me dit que sa religion ne voulait pas qu'on se tuât. Elle me cita aussi les petits oiseaux, auxquels la nature a donné l'immensité des airs et des bois, et qui, lorsque nous les avons enfermés pour toujours dans une cage, ne cherchent pas à se tuer, et chantent au contraire toutes sortes de chansons joyeuses et douces. Fabiola me dit encore que j'avais tort de désespérer ainsi de revoir Andronic ; que les armées romaines avaient coutume de voyager avec rapidité d'un bout du monde à l'autre; que précisément on assurait que les Romains et le prince Odenat, roi de Palmyre, venaient de remporter plusieurs victoires sur les Perses, et qu'il pourrait bien y avoir prochainement quelque beau triomphe, où paraîtraient les armées d'Orient.

Cet espoir, raisonnable en lui-même, que me donnait Fabiola dans sa tendresse, j'en avais un besoin trop profond pour ne pas l'accueillir. D'ailleurs, la crainte qu'elle avait de me voir céder à mon chagrin était si vive, qu'elle eut recours à un artifice que sa religion condamne, et qu'elle ne m'a avoué qu'hier. Elle fit venir, avec beaucoup de solennité, une Thessalienne qui habite le quartier de Suburre, et elle la consulta, devant moi, pour savoir si je reverrais Andronic. La Thessalienne, qui a une grande réputation de devineresse, s'entretint pendant quelques instants avec une petite statue de la Bonne Déesse, et puis elle me dit d'avoir du courage, et que dans un an, jour pour jour, Andronic me serait rendu. Cet oracle si clair et si doux ne me laissa plus de doute : je promis à Fabiola que je vivrais.

Alors, la santé revint, et avec elle ma gaîté d'autrefois. Fabiola me l'avait dit, j'étais sa fille, non son esclave. Les nombreux marchands de livres que je voyais dans l'Argilète, les Actes Diurnes qu'on y distribuait, les poètes qui y venaient, tout cela me fit remarquer que je ne savais pas lire. Parmi les esclaves que Fabiola avait achetés de son pécule, et dont elle tire revenu en les louant, se trouvait un vieux poète de théâtre, qui avait écrit autrefois des mimographies, et qui maintenant tient une école dans les Carènes. Fabiola me le donna pour maître. Celui-ci, me voyant quelquefois folâtrer et danser comme les filles de mon pays, eut l'idée que je pourrais mimer et danser avec succès. Comme il avait aussi autrefois composé des choraules, il me donna quelques leçons. Tout cela se faisait par manière de passe-temps; mais un jour le maître des comédiens qui jouent au théâtre de Marcellus m'ayant vue, déclara que j'étais la danseuse la plus habile de Rome, et qu'il me voudrait avoir pour la célébration prochaine des jeux décennaires.

Fabiola, dont la religion condamne les jeux de théâtre, se récria vivement contre cette pensée; mais j'étais si fière à l'idée que toute la ville de Rome m'applaudirait, et qu'Andronic, qui m'avait laissée simple et ignorée, me trouverait belle et célèbre, que je suppliai Fabiola de consentir. Elle m'aime tant qu'elle céda.

Vous savez le reste, seigneurs.

— Et c'est alors que l'heureux comte Crispiciole vous vit et vous donna ce palais, dit Julius Serranus?

— Oui, reprit tristement Danaë; c'est alors que je me remis à douter du bonheur de ma vie. Le comte, qui commande à l'empereur, lequel commande au monde, me vit et m'aima. Ni les larmes de Fabiola, ni les miennes ne purent quelque chose sur sa volonté. Je songeai de nouveau à mourir, et je m'y préparai. Seulement, comme je croyais au retour d'Andronic, que m'avait promis la Thessalienne, et que trois mois devaient s'écouler encore avant le jour marqué, je dis au comte, lorsqu'il m'installa malgré moi dans ce palais, qu'un vœu fait aux dieux me forçait de l'habiter seule, et sans qu'il y vînt jamais, pendant trois mois, et que je lui demandais formellement de respecter ce vœu. J'étais résolue de mourir le jour même, s'il m'eût refusé ma demande : il me l'accorda.

Du reste, et vous le voyez, il n'est pas de magnificences dont il ne m'ait entourée. Je ne sais pas le nombre et les noms des esclaves qu'il m'a donnés, à moi, pauvre esclave. J'ai des pâturages dans la Sicile, des vignobles à Cécube et à Falerne, dans la Campanie, et des plants d'oliviers dans le Picenum. Jamais encore le comte n'a cherché à éluder sa promesse et à venir ici. Il est vrai, et ceci ne vaut guère mieux, qu'il m'y fait visiter fréquemment, je pourrais dire surveiller, par son favori, à lui favori, le seigneur Bébrix, vous savez? un ancien maître d'armes du cirque de Vérone, qu'il a fait comte des Écuries et sénateur; votre égal, Cornélius; votre égal, Julius; voire supérieur, mes seigneurs, ajouta-t-elle, en s'adressant aux chevaliers. On lui dit : Votre Sincérité, quand on lui parle, savez-vous bien? et ne vous y trompez pas, car on vous ferait payer trois livres d'or d'amende, comme les a payées, aux dernières ides, le préfet de Rome, dont il a été le palefrenier. C'est lui qui me fait les visites du comte, et ma surprise est grande, qu'il m'ait oubliée aujourd'hui.

— Mais, dit tout haut Cornélius, c'est demain que le comte pourra vous les faire lui-même; car c'est demain qu'expire le temps de votre vœu, c'est-à-dire que vient le dernier jour marqué par la Thessalienne.

— Oui, répondit Danaë.

— Et c'est demain, poursuivit-il, que vous devez avoir revu Andronic ?

— Oui, répondit-elle encore.

— Et sur quoi donc, ajouta-t-il avec anxiété, pensez-vous que la Thessalienne ne vous a pas trompée, et que vous l'aurez revu en effet?

— Sur ce que je l'ai revu hier, répondit Danaë, car autrement je serais morte aujourd'hui.

Une grande exclamation de surprise suivit ces derniers mots de Danaë. Le consul Junius Donatus, qui s'était réveillé depuis quelques instants, allait demander des explications ultérieures,

lorsqu'un esclave éthiopien souleva la portière, et annonça :
Sa Sincérité, le sénateur Bébrix !

Tous les assistants se levèrent.

— Madame, dit-il, après avoir salué, en abaissant sur ses
épaules le capuchon de son manteau, et en se servant du titre de
madame, mot d'étiquette déjà introduit dans le cérémonial des
Romains, il a été dit que Son Excellence le comte Crispiciole ne
viendrait pas chez vous; mais il n'a pas été dit que vous n'iriez
pas chez lui. Son Excellence vous attend au palais de l'empereur, et elle vous prie de monter dans sa chaise, escortée de
cinquante soldats aux gardes prétoriennes, qui sont sous votre
portique.

Ces paroles furent dites d'un ton bref et d'un air sinistre.
Danaë se leva; et, prenant son mouchoir, qui était devant elle
sur une table de citronnier incrustée d'ivoire, elle prit aussi à
la dérobée un petit flacon d'onyx, caché dans un tiroir.

Danaë avait fait, en se levant, un signe à Cornélius, qui lui
offrit la main. Comme ils marchaient les premiers, Danaë lui dit
à voix basse, et avec une profonde émotion :

— Pardonnez-moi, Cornélius; il m'aimait avant vous; et je
sens au fond de mon cœur que je suis nécessaire à sa vie. D'ailleurs, ajouta-t-elle, avec un sourire, je m'inquiète de vos chas-
grins plus que vous-même, sans doute. Julius Serranus m'a dit
que Lollia Paulina revient à vous.

— Oui, répondit Cornélius d'une voix triste; mais c'est trop
tard.

— Allons, mes seigneurs ! dit-elle.

L'escalier du palais était occupé par deux rangées d'esclaves
tenant des bougies. Ces esclaves descendirent avec Danaë et avec
sa suite, et se rangèrent devant le portique. Les domestiques
attendaient avec les chaises et avec les chevaux. Tout ce cortège
se dirigea vers le quartier du mont Palatin, précédé et suivi de
torches qui étoilaient l'obscurité de la voie Flaminienne. La
lune se couchait alors à l'Occident, et ses derniers reflets blan-
chissaient la région transtibérine et le sommet du Janicule.

III.

Les Timbaliers étaient passés.

Les lois de la poétique nous permettent maintenant de revenir sur nos pas, et les lois de la raison nous l'ordonnent; premièrement, pour chercher ce que voulaient dire les dernières
paroles de Danaë, au sujet d'Andronic, qui avaient si fort réveillé le consul Junius Donatus; secondement, pour essayer de dé-

couvrir quelles causes pouvait avoir la visite assez problématique que le seigneur Bébrix, comte des Écuries, était venu faire, à minuit, suivi de cinquante prétoriens, au palais de la voie Flaminienne.

On se rappelle que Fabiola avait réussi à détourner Danaë de ses projets sinistres, en lui amenant une Thessalienne, bien instruite à l'avance, qui avait dit à la malheureuse enfant qu'elle reverrait Andronic dans l'année. L'époque marquée arrivait précisément le lendemain du jour où nous avons entendu Danaë racontant l'histoire de sa vie.

Pendant les derniers mois de cette année, pleine d'espoir et d'angoisses, Fabiola, qui ne comptait guère sur la réussite de son stratagème, et qui tremblait à l'idée de perdre son enfant, car c'était véritablement l'enfant de son affection, image encore embellie de l'enfant de ses entrailles, eut recours à la Providence, se mit à prier avec ferveur, et essaya de faire goûter à Danaë les vérités saintes et consolantes du christianisme. Elle espérait que, si elle pouvait parvenir à faire comprendre à Danaë une religion dont le Dieu avait donné l'exemple du sacrifice, elle arracherait du cœur de cette infortunée la froide et effroyable résolution qu'elle y nourrissait, de mourir plutôt que de vivre sans celui en qui était tout son passé, et en qui elle mettait tout son avenir. Mais les consolations et les leçons de Fabiola étaient comme cette semence de l'Evangile, que le vent jetait sur les pierres, et que les oiseaux du ciel emportaient grain à grain. Cette pauvre âme toute meurtrie ne pouvait pas être distraite de sa douleur ; et chaque fois qu'une parole sage et douce y laissait distiller son baume, quelque souvenir d'enfance, souvenir des bois et des prés, où elle avait vécu jeune enfant, où elle avait aimé jeune femme, venait effacer et détruire les incertaines et naissantes résolutions. Il ne restait plus que quelques jours, et Fabiola se répandait en prières et en aumônes, pour toucher Dieu en faveur de Danaë, lorsque un événement assez imprévu vint tout à coup rassurer l'une et sauver l'autre.

L'empereur Galien, qui était allé en Egypte, en Grèce et en Asie, avait trouvé plaisant, dans une boutade, d'exterminer, un matin, quelques-unes de ses propres légions. Il est vrai que ces légions avaient bien mérité quelque chose de semblable. Réunies aux environs de Bysance, un jour, sans aucun motif juste, elles cherchèrent querelle aux habitants, envahirent la ville, la pillèrent, la brûlèrent en partie, et tuèrent tous les habitants mâles, jusqu'au dernier ; si bien qu'un siècle plus tard, lorsque l'empereur Constantin y transporta le siége de l'empire, et en fit Constantinople, il n'y avait d'anciennes familles dans la ville que celles dont les ayeux se trouvaient absents à l'époque du massacre. Or, après avoir eu cette première idée, d'exterminer ses légions, Galien en eut une seconde, non moins singulière, ce fut d'en prendre prétexte pour se faire décerner les honneurs du triomphe. Et, comme il n'en coûtait pas plus, après avoir supposé qu'il avait remporté une victoire, de supposer qu'il en avait remporté plusieurs, il triompha, par la même occasion des Goths, des Sarmates, des Francs et des Perses, qu'il n'avait ni battus, ni vus; mais que ses généraux avaient quelque peu repoussés en Grèce, en Macédoine, en Asie et dans la Gaule.

Il fut donc annoncé, dans tous les carrefours de Rome, que l'empereur allait entrer en triomphe, à la tête de l'armée d'Orient. Cette nouvelle releva l'espoir de Fabiola, et fortifia Danaë dans la pensée qu'elle allait voir s'accomplir la prédiction de la Thessalienne.

Il y avait déjà longtemps que la flotte de Ravenne était partie, sous les ordres de son préteur, pour aller embarquer en Orient les troupes qui devaient triompher avec l'empereur. Les Romains avaient, depuis Auguste, deux grands arsenaux maritimes. Celui de Misène, où était la flotte destinée au service de l'Epire, de la Macédoine, de l'Achaïe, de la Propontide, du Pont, de l'Orient, de la Crète et de l'île de Chypre. La flotte arriva enfin en vue du port d'Ostie, et l'empereur débarqua avec ses troupes.

L'armée se divisa en deux colonnes. L'une, ayant l'empereur en tête, remonta la rive gauche du Tibre, par la voie d'Ostie; l'autre remonta la rive droite, par la voie du Port. La colonne de gauche, après avoir passé au pied de la pyramide de Cestius, entra par la porte Lavernale, qui conduisait, par le Septizonium, à la voie Triomphale. La colonne de droite, entrée par la porte du Port, passa le Tibre sur l'antique pont Sublicius, défendu autrefois par Horatius Coclès; longea la rivière jusqu'au temple de Vesta; puis, prenant à droite par le marché aux Bœufs, elle passa entre le Grand Cirque et la maison d'Auguste, et alla joindre la voie Triomphale au Septizonium. L'armée, réunie autour de l'amphithéâtre de Vespasien, y campa jusqu'au lendemain matin; et l'empereur passa la nuit dans le temple d'Isis, selon l'usage.

C'est le lendemain, au lever du soleil, que commença le défilé, par la voie Sacrée, jusqu'au Capitole. Fabiola et Danaë, pour lesquelles ce jour contenait une question de vie et de mort, avaient obtenu sans peine de Cornélius Céthégus un appartement, dans un palais qu'il avait sur le Forum, près du temple d'Antonin et de Faustine. Elles s'y rendirent de bonne heure, et s'y enfermèrent, après s'être enquises au préalable du costume et du drapeau de la cohorte des archers gaulois, qui d'ailleurs faisait partie de l'armée d'Orient, arrivée par la flotte de Ravenne.

On leur avait dit que les archers gaulois ne portaient pas de casque, mais seulement une coiffure de peau de loup. Leur bras

gauche était défendu par un brassard fait de lames de fer articulées, et leur jambe gauche était enveloppée d'une grève de
cuivre, rattachée à un cuissard en métal plein. Leur drapeau
était d'azur, bordé de deux cercles, l'un rouge, en dehors, l'autre
jaune, en dedans. Au centre du drapeau était un globe rouge,
enfermé dans un cercle blanc, et supportant deux aigles, l'un à
droite, l'autre à gauche. Entre les deux aigles était un cartouche
contenant l'effigie de l'empereur.

Un sentiment indéfinissable d'angoisse s'empara de ces deux
femmes, lorsqu'un groupe d'hommes de police, faisant ranger la
foule avec des bâtons, annonça l'arrivée du cortége. Aussitôt, en
effet, parurent les licteurs, suivis des magistrats urbains, lesquels
étaient suivis eux-mêmes de timbaliers et de joueurs de flûte.
Dans leur trouble, elles remarquèrent alors seulement ce que du
reste elles savaient certainement, c'est-à-dire que l'armée ne
viendrait que pour clore la marche; et, quoiqu'elles ne fussent
là l'une et l'autre que pour y attendre l'arrivée incertaine d'un
soldat, dont la vie était leur vie à toutes deux, elles se sentirent
soulagées d'un poids horrible, par l'espèce de répit que cette re-
marque donnait à leur émotion.

Elles ne prêtèrent, d'ailleurs, qu'une attention fort distraite à
cette longue procession. Les images en bois, et en carton des
villes prises, portées sur des chariots, les touchèrent peu ; les
trophées, les panoplies, passèrent, et furent à peine aperçus ; dix
éléphants, qui étaient alors à Rome, et qui défilèrent, montés
par des singes, quêtant avec leurs trompes les oranges qu'on leur
jetait des fenêtres, ramenèrent un peu leurs yeux égarés dans le
vague. Elles regardèrent alors un spectacle nouveau, et qui ne
s'était jamais vu aux anciens triomphes.

C'étaient deux interminables files de femmes d'abord, et d'esclaves ensuite, portant des cierges allumés ; douze cents gladiateurs, vêtus de robes de femmes en drap d'or, qu'avaient prêtées
les matrones romaines ; cent bœufs blancs, accouplés avec des
jougs dorés, et couverts de housses de soie à ramages ; deux cents
bêtes féroces apprivoisées, décorées de bizarres accoutrements ;
de grandes charretées de bouffons et d'histrions de toute espèce,
poussant des cris et provoquant les spectateurs ; puis un groupe
de sacrificateurs et de flamines, précédés des sacristains qu'on
appelait Camilles ; puis encore quatre cents agneaux femelles,
tous blancs, rangés sur deux files, et suivis du victimaire, ayant
le coutelas à la ceinture et la hache sur l'épaule, la vue de ces
victimes sans tache, qui passaient en bêlant d'une manière plaintive, émut profondément Danaë ; si bien qu'elle ne prit garde ni
à l'insulteur, qui marchait à pied, raillant quelques vaincus qui
se traînaient chargés de chaînes, ni à l'empereur lui-même, qui
passait, au bruit des acclamations, la couronne au front, sur un

chár traîné par quatre chevaux blancs, enharnachés de pourpre ;
ni aux musiciens, qui soufflaient, râclaient et frappaient derrière
lui.

Enfin apparut l'armée! Fabiola et Danaë, déjà trompées par
les labarums des temples et par les bannières (des corporations,
se jetèrent en avant, au premier reflet des armures, le cœur rempli d'inexprimables terreurs.

En tête, marchaient les invincibles Vétérans, qui portaient un
drapeau rouge, compassé de trois cercles, le premier d'argent,
le deuxième d'or, le troisième rouge, avec une tête humaine
verte, afrontée, et posée sur une cippe. Le cortège, déjà arrivé
au Capitole, marchait plus lentement que jamais, et donnait le
temps d'étudier les détails. Au deuxième rang, marchaient les
Sagontiens, dont le drapeau d'azur avait deux gouvernails de
pourpre en sautoir. Au troisième, venaient les Septièmes Gémi-
niens, créés autrefois par César dans les Gaules, et qui portaient
un drapeau d'or avec un globe d'argent, entouré de huit rameaux
de chêne vert. Au quatrième, venaient les Augustéiens, qui
avaient un drapeau d'argent bordé de rouge, avec un chat vert
couché et assénestré.

La cohorte des Augustéiens défilait à peine, lorsque Danaë se
leva et poussa un cri : c'était la bannière d'azur des archers gaulois qui s'avançait, avec ses cercles rouge et jaune, son globe
rouge dans un autre cercle d'argent, et l'effigie de l'empereur
dans un cartouche. L'infortunée, brisée par l'émotion, retomba
sur son siége ; sa tête s'emplit de bourdonnements et ses yeux de
ténèbres. Les soldats passaient lentement, deux à deux ; et, quoique placée au premier étage et presque au niveau du fer des
piques, il lui semblait qu'une brume épaisse et subite lui déro-
bait la forme des objets. Elle demeura là, quelques instants,
penchée, immobile, les yeux hagards. Peu à peu, les archers
gaulois défilèrent ; la bannière d'or des Joviniens, avec son aigle
noir aux ailes déployées, brilla tout à coup il était évident
qu'Andronic n'était pas venu avec l'armée, et Danaë s'évanouit.

Fabiola, tout en pleurs, appela ses esclaves. On porta Danaë
dans sa chaise, où elle se mit à côté d'elle ; et, comme le cortége,
qui défilait toujours, empêchait de sortir par la voie Sacrée et
de traverser le Forum, les esclaves sortirent par la porte du jardin qui donnait sur la place de César. Ils se dirigèrent ensuite
le long du mont Quirinal, vers le temple de Nerva ; puis, tournant à gauche, ils traversèrent le Forum de Trajan, et allèrent
rejoindre la voie Flaminienne par la porte Ratumène.

La journée était déjà avancée quand la chaise de Danaë la déposa sous le portique de son palais. Son évanouissement durait
toujours ; et ses esclaves, aidées par Fabiola, la portèrent dans
sa chambre. Un affranchi du comte Crispiciole, son médecin,

qu'il avait attaché au palais de Danaë, fut appelé sur-le-champ. Il jugea qu'il n'y avait rien à faire, et se borna à lui faire respirer une eau merveilleuse, extraite, disait-il, d'œufs de phénix et de cervelles d'alcyons.

Sur ces entrefaites, divers détachements de troupes, une fois la cérémonie du triomphe terminée, se dirigeaient les uns vers le Champ-de-Mars, les autres vers le camp des Prétoriens. La voie Flaminienne était précisément le chemin des uns et des autres. La cohorte des archers gaulois tournait à droite, le long du palais de Danaë, et se dirigeait, entre le mont Pincius et le mont Quirinal, vers la porte Colline, pour gagner le camp des Prétoriens, situé à l'est du mont Viminal, derrière les thermes de Dioclétien. Fabiola, par une inspiration subite, fit signe à un esclave de l'accompagner, et descendit précipitamment.

Quand elle fut sous le portique, elle aborda résolument un officier et le conjura de lui dire s'il ne manquait personne à la cohorte des archers gaulois.

— Personne, répondit l'officier; excepté le primipilaire, dont j'occupe provisoirement l'emploi, et qui a obtenu de quitter l'armée pendant quelques jours, pour aller, dans la Gaule, visiter sa famille.

— Et comment se nomme ce primipilaire? demanda Fabiola toute tremblante.

— Il s'appelle Andronic, répondit l'officier; et les termes de son congé exigent qu'il ait repris demain matin son service dans la cohorte, pour assister à une distribution générale de couronnes que l'empereur doit faire aux soldats.

— Merci! merci! s'écria Fabiola, en courant vers le palais.

L'officier, stupéfait de cette exclamation et de cette fuite, reprit son chemin en se disant : Cette femme est folle!

Lorsque Fabiola fut remontée dans la chambre de Danaë, elle fit sortir les esclaves, et dit au médecin qu'elle répondait de tout. Alors elle souleva la tête pâle de Danaë; et, après l'avoir couverte de baisers et inondée de larmes, elle lui cria, dans un transport de joie : Réveille-toi, ma fille, réveille-toi, ma fille, réveille-toi! Andronic sera ici demain! Mais elle avait beau crier, pleurer et supplier Danaë de revenir à elle, sa léthargie durait toujours. Ses joues étaient éteintes, ses mains moites et crispées; et des larmes froides s'échappaient de ses paupières closes. C'était un spectacle triste et lamentable que ces deux femmes, dont l'une apportait, sans pouvoir se faire comprendre, la vie et la consolation de l'autre; que cette joie, qui venait frapper en vain à la porte de ce désespoir!

— Oh! mon Dieu, s'écriait Fabiola, si ma pauvre enfant allait mourir sans savoir que je viens la sauver! Et puis, c'étaient des étreintes muettes et des caresses convulsives, auxquelles Danaë se prêtait avec la docilité d'un cadavre. Ses beaux cheveux noirs, échappés à la dent de son peigne d'or, s'étaient déployés, comme un voile autour de ses blanches épaules ; ses deux mules s'étaient détachées de ses pieds ; les fils d'argent, qui retenaient en aiguillettes le corsage de sa robe, et qui avaient été coupés par le médecin, laissaient entrevoir la toile fine et transparente de Syène, dont elle était enveloppée. On aurait dit que Danaë se dépouillait pièce à pièce, et pour la dernière fois, de ses parures de ce monde ; et que le suaire de la morte commençait à poindre déjà sous la robe de pourpre de la danseuse.

Peu à peu, cependant, quelques mouvements brusques des bras et des paroles inarticulées annoncèrent la fin de la crise. Fabiola s'était mise à genoux et priait Dieu d'avoir pitié d'elle et de ne pas permettre que Danaë mourût, au moment où le rêve de sa vie allait s'accomplir. Quand sa raison parut revenue, et que ses yeux se furent ouverts, Fabiola l'interrogea doucement, pour s'assurer qu'elle comprenait. Alors, et pour ménager une transition, elle la gronda avec tendresse de s'être laissée aller à sa douleur ; puis elle lui raconta son entretien avec l'officier des archers gaulois, devant le portique, et lui assura qu'Andronic serait de retour le lendemain. D'abord Danaë restait accablée et immobile ; mais, quand elle comprit bien ce que lui disait Fabiola, et qu'elle lui eut fait jurer que c'était la vérité, elle se jeta à son cou, en versant des larmes, dans un élan de joie insensée ; et ces deux pauvres femmes, qui avaient tant souffert depuis une année, restèrent ainsi long-temps dans les bras l'une de l'autre, se prodiguant les doux noms de fille et de mère.

— Tu vois, s'écria tout d'un coup Danaë, que la Thessalienne avait raison !

— Non, ma fille, lui répondit gravement Fabiola ; ce n'est pas la Thessalienne qui t'a sauvée. Pardonne-moi, Danaë ; je t'ai trompée, pour t'empêcher de mourir. La prédiction de la Thessalienne était concertée entre elle et moi...

— Et qui donc m'a rendu Andronic ? demanda Danaë toute surprise.

— C'est le Dieu que je sers, ma fille, répondit Fabiola ; j'ai prié sa sainte mère, qui a pleuré sur son fils divin, comme je pleurais sur toi, ma Danaë ; je l'ai conjurée de conserver pour le ciel ton âme innocente et pure ; et il m'a semblé plus d'une fois voir passer dans mon sommeil les ailes blanches d'un ange, qui me disait d'avoir bon courage. Mets-toi à genoux comme moi, ma fille, car je vois en ceci les desseins de Dieu !

Danaë, subjuguée par un sentiment indicible, se mit à genoux. Fabiola joignit en silence les deux mains de la néophyte ; puis elle dit tout haut cette prière sublime, que Danaë répétait après elle : « Notre père, qui êtes dans les cieux, que votre nom soit

sanctifié ; que votre règne arrive ; que votre volonté soit faite sur
la terre comme dans le ciel. Donnez-nous aujourd'hui notre
pain de chaque jour. Remettez-nous nos fautes, comme nous les
remettons à ceux qui nous ont offensés. Ne nous laissez pas suc-
comber à la tentation, mais délivrez-nous du mal. »

Alors, les deux femmes se levèrent, et gardèrent quelques
instants le silence, absorbées dans la préoccupation de leurs émotions religieuses. Elles concertèrent ensuite de se rendre le lendemain, en chaise, à la grande revue que l'empereur devait passer, au camp des Prétoriens. Puis elles rouvrirent les portes, et
les esclaves vinrent s'informer en masse de l'état de Danaë. Elle
les remercia tous avec bonté ; et elle sourit gracieusement à l'affranchi médecin, qui fit honneur de la cure à son eau extraite
d'œufs de phénix et de cervelles d'alcyons.

IV.

Sans un événement imprévu, les tragédies finiraient au troisième acte.

Ce fut à cette grande revue du camp des Prétoriens que Danaë
revit Andronic le lendemain, honoré par l'empereur d'un collier
d'or, aux applaudissements d'une foule immense. Il était d'une
tournure si noble, et d'un visage si triste, qu'elle eut peine à le
reconnaître tout d'abord. Le lendemain, après avoir bien réfléchi
aux moyens de lui parler, elle lui écrivit le billet suivant :

« Au Primipilaire Andronic, au camp de Prétoriens.

» Si vous êtes Andronic du bourg de Tarbes, dans la Bigorre,
et si vous vous souvenez de ceux qui vous aimaient, quand vous
étiez simple pasteur des Pyrénées, venez demain, à l'entrée de
la nuit, au palais du comte Crispiciole, dans la voie Flaminienne.
Prenez un déguisement. Mêlez-vous aux clients qui recevront
leur sportule, et demandez à un esclave noir, qui sera debout
devant la porte, de vous faire parler au maître du palais. Ne crai-
gnez rien, Andronic. »

Danaë ferma la lettre, et la scella avec un cachet d'or, qu'elle
avait à son doigt. Fabiola se chargea de la faire porter par un de
ses esclaves, dont elle était sûre ; et toutes deux lui donnèrent
ses instructions, insistant surtout sur ceci, que la personne qu'on
attendait vînt déguisée, et qu'elle se mêlât aux clients, à l'entrée
de la nuit.

Ces malheureuses instructions, données à plusieurs reprises et
voix haute, par deux femmes absorbées dans leur pensée, furent entendues par une esclave de la chambre de Danaë, que le
comte Crispiciole avait placée auprès d'elle pour surveiller sa

conduite. Il avait déjà été informé de la passion bien caractérisée que Cornélius Céthégus nourrissait pour elle, et de la grâce compatissante avec laquelle Danaë le repoussait. Sa fureur fut au comble lorsqu'il apprit que Danaë et Fabiola avaient vu défiler le triomphe, d'un appartement du palais de Cornélius, et que Danaë avait été emportée en pâmoison, à travers les jardins, par une porte dérobée. Mais, lorsqu'il apprit par l'esclave que Fabiola avait fait porter une lettre, que Danaë avait écrite elle-même, au lieu de la dicter à son esclave écrivain, selon son usage, et qu'elle attendait un homme, le lendemain soir, déguisé et caché parmi les clients, il demeura convaincu que cet homme, c'était Cornélius Céthégus, et sa première pensée fut de les faire poignarder l'un et l'autre. Il fit donc venir l'ex-maître d'armes du cirque de Vérone, le seigneur Bébrix; mais ils se ravisa dans l'intervalle, et il pensa qu'il suffisait, pour le moment, d'envoyer chercher Danaë de gré ou de force; sauf à statuer ensuite sur le sort de Cornélius, son complice.

C'est justement de cette honorable ambassade que venait s'acquitter le comte des Écuries, flanqué de cinquante soldats aux gardes, au moment où le consul Junius Donatus, réveillé de sa léthargie, demandait à Danaë la suite de ses aventures.

Lorsque Danaë se présenta dans l'appartement du comte Crispiciole, au palais de l'empereur, et lui dit, debout devant lui, avec une simplicité calme, fière et digne : Que me voulez-vous? toute la grande colère du comte fondit comme neige, sous son regard céleste. La nature pauvre et dégradée du nain s'humilia devant la nature belle et pure de la jeune fille des Pyrénées; et c'est à peine s'il put lui dire, comme en s'excusant : Vous êtes allée hier chez Cornélius Céthégus; il vous aime et vous l'aimez. Danaë, qui était décidée à dire toute la vérité, si on la lui avait demandée, se borna à répondre aux paroles du comte.

— Oui, je suis allée hier, dit-elle, dans le palais de Cornélius ; mais j'y ai été conduite par sa nourrice Fabiola, ma bonne maîtresse, et j'ai vu passer le triomphe, seule avec elle. Il est bien possible que le noble Cornélius Céthégus aime une pauvre esclave comme moi, quoiqu'il ne me l'ait jamais dit; mais moi, seigneur, je vous jure que celui que j'aime, ce n'est pas Cornélius; et je ne demande que deux jours encore à Votre Excellence pour l'en convaincre tout à fait.

Le nain se précipita, à ces mots, aux genoux de Danaë, et voulut lui prendre la main, qu'elle retira. Comme il n'y avait plus que deux jours à attendre pour qu'il pût aller chez Danaë, il ne douta pas que la personne aimée, ce ne fût lui. Sa joie en fut si grande, qu'il voulut donner sur-le-champ à Danaë de soieries et des sardoines, qu'il avait achetées pour elle dans la rue de Toscane; mais Danaë refusa tout, en disant qu'elle n'ac cepterait en ce moment que la permission de rentrer chez elle. Elle n'eut pas plus tôt prononcé ces mots, que le comte Crispiciole la salua d'un air plein de déférence, et donna ordre à Bébrix de la reconduire, avec les cinquante gardes d'escorte, au palais de la voie Flaminienne.

Lorsque Danaë fut partie, le comte Crispiciole commanda aux officiers de sa chambre de le coucher sur-le-champ, persuadé qu'il allait être bercé toute la nuit par des songes d'or. Une fois dans son lit, il se mit à repassser les détails de cette entrevue, et il se répéta les raisons parfaitement concluantes avec lesquelles Danaë avait dissipé ses soupçons. Cependant, il se rappela tout d'un coup qu'il avait oublié de lui parler de la lettre qu'elle avait écrite, et de lui demander des explications sur cet homme déguisé, qui devait être introduit chez elle, le lendemain soir, à l'heure où les clients allaient chercher leur sportule.

Cette découverte le frappa. Après y avoir réfléchi mûrement, il demeura convaincu que Danaë ne lui avait pas tout dit. Il lui fût impossible de s'endormir. Il lui semblait que toute la voie Flaminienne était remplie de jeunes sénateurs, qui donnaient des sérénades à Danaë, et qui passaient par dessus les murs du jardin, avec toutes sortes d'échelles. L'assoupissement dans lequel il tombait quelquefois, à force de fatigue, était rempli de cauchemars affreux. Enfin, il n'y pouvait plus tenir lorsque le jour parut. Il appela son esclave cubiculaire, se fit lever, se fit revêtir d'une grande robe de soie à ramages, se fit porter sur un lit de repos élégant, incrusté d'écaille, et ordonna d'aller chercher le seigneur Bébrix.

Pendant que le comte des Ecuries était réveillé en sursaut, dans son palais des Carènes, près de la maison de Cicéron, on procéda à la toilette du comte Crispiciole.

Nul ne savait au juste l'âge du seigneur Crispiciole. Seulement, il avait été ramassé parmi les bateleurs qui avalaient des épées de Lacédémone, et qui étalaient des vipères vivant en communauté avec des oiseaux, sur le pavé du quartier de Suburre, sous le consulat de Marc-Antonin Eliogabale et d'Eutychianus Comazo. Il avait donc plus de quarante ans. Sa taille était, à l'époque où il fut recueilli pour les amusements de l'empereur, de trois pieds deux pouces romains, c'est-à-dire d'un peu moins de trois pieds français. Ces nains étaient soigneusement recherchés par les empereurs, qui en composaient des ballets, et qui les faisaient quelquefois combattre contre des grues, pour renouveler la guerre des Pygmées, dans Homère. On appelait les nains *nani* et les naines *nanæ*. Les grammairiens de Rome, qui ne savaient pas comment ce mot était entré dans la langue latine, le faisaient venir du grec. Aulu-Gelle dit que c'était un mot barbare, et il avait raison, car le mot *Nen* se trouve dans tous les patois celtiques du midi de la France, pour désigner un petit enfant, et il était passé de ces patois dans le latin, ainsi que beaucoup d'autres mots, ce qui montre qu'à certains égards, c'est le latin qui dérive du français, et non le français du latin. Ces nains devenaient quelquefois des personnages très redoutables, par l'ascendant qu'ils acquéraient sur l'esprit des empereurs. Tibère en avait un qui se tenait debout derrière lui, pendant son dîner, et qui fut cause de la mort de personnages fort illustres. Auguste fut peut-être le seul qui ne les aima pas. Du reste, les polichinelles, que l'Italie a conservés, ne sont pas autre chose qu'un souvenir des antiques ballets de nains, qui étaient organisés à la cour des empereurs romains. Nous sommes donc dispensé de décrire au long la personne du comte Crispiciole; le *signor Pulcinella*, qui est fort connu, en est une exacte reproduction. Ceux qui en voudraient un autre type, n'auraient qu'à se rappeler le nain qui est représenté dans le tableau des *Noces de Cana*, de Paul Véronèse. Ces nains étaient d'ailleurs quelquefois très intelligents, et même très spirituels, ainsi que le prouve l'histoire de Triboulet.

Le seigneur Crispiciole avait eu autrefois une chevelure rousse. Les destins et les ans l'avaient tellement compromise, qu'il avait fallu la sacrifier. Un esclave tenait donc sa tête, qu'il enduisait d'une légère couche de dropax, pour arracher, extraire et extirper tous les cheveux tenaces et récalcitrants. Deux autres esclaves tenaient ses jambes, et les frottaient de psilothrum, pour les épiler et pour leur donner le poli nécessaire. Deux autres tenaient ses mains, en rognaient doucement les ongles avec un morceau de résine, et adoucissaient leurs contours avec de la pâte de Venise. Une fois ces opérations terminées, un sixième esclave posa sur le crâne de Crispiciole une belle perruque blonde, parfaitement bouclée, qui aurait fait honneur au dernier descendant de Cincinnatus.

La toilette terminée, d'autres esclaves apportèrent le déjeûner sur un plateau de vermeil, incrusté de pierreries. Comme Son Excellence avait fort mal dormi, et qu'il n'y avait pas d'apparence qu'elle mangeât beaucoup, on lui servit un déjeûner de convalescent. C'était un ramier à la purée de zéa, deux grives du Picenum au gingembre, et un francolin rôti. On apporta ensuite, dans des vases murrhins, des petites figues de Syrie et des prunes blanches de Damas. C'est à peine s'il put avaler une gorgée de vin rouge cuit de Lalétania, mêlé d'un peu d'eau chaude, dans un gobelet d'or.

Comme le seigneur Crispiciole achevait son déjeûner, et tandis qu'un esclave lui essuyait les mains et les lèvres, avec une serviette de lin de Canope, Bébrix entra.

— Sais-tu, lui dit Crispiciole, sans autre préambule, que tu

n'étais qu'un méchant maître d'armes du cirque de Vérone, donnant quelques leçons d'escrime aux gladiateurs, et couvert d'une
lacerne trouée en laine de Tarente, et qu'aujourd'hui tu as un
palais et des esclaves, et que tu traînes sur les pavés plus de
pourpre et de soie que les satrapes du roi Sapor n'en portent sur
leurs épaules?

— Oui, seigneur, répondit Bébrix, attéré par l'inattendu de cet
interrogatoire, qui menaçait d'être fort long.

— Sais-tu encore que je t'ai pris dans ta salle d'armes, pour
te faire comte des Écuries, ce qui te vaut sept sous d'or sur le
prix de chaque cheval qu'on lève pour l'armée, dans les provinces?

— Oui, seigneur.

— Sais-tu enfin que je t'ai fait sénateur de deuxième classe?
Tu voulais être de la première, et avoir l'Excellence, ce qui
t'aurait donné le privilége de ne pouvoir être décapité que sur
jugement de l'empereur.

— Oui, seigneur.

— Eh bien! si tu sais toutes ces choses, dis-moi donc ce que
tu as fait pour les mériter.

— Seigneur, répondit Bébrix, évidemment mis à l'aise par
cette demande, il y avait le patrice Licinius Quadratus, votre
ennemi, qui disait tout haut, au palais, que c'était une honte de
voir l'empire conduit par un singe en chlamyde; ce qui faisait
sourire l'empereur. Vous me montrâtes du doigt cet homme. Je
le tuai.

— Après? dit Crispiciole.

— Il y avait un jeune chevalier, parfumé et frisé, qui convoi-
tait fort la danseuse que vous gardez, pour vos héritiers apparemment, dans la voie Flaminienne : vous parûtes jaloux du chevalier. Un soir qu'il descendait des jardins de Lucullus, je l'attendis près d'un puits de l'aqueduc de la Vierge; et je l'y noyai.

— Après? continua Crispiciole.

— Seigneur, répondit Bébrix, je suis forcé d'avouer que vos
bienfaits ont dépassé mes services; mais vous ne pouvez guère
plus me donner de l'or, et je puis encore vous donner du sang.

— C'est fort bien dit, répliqua Crispiciole. Écoute. Je vais te
fournir une occasion qui nous rendra quittes. Le sénateur Cornélius Céthégus est amoureux de Danaë.

— Ce jeune Corydon, à la figure pâle? fit Bébrix.

— Lui-même, répondit Crispiciole. Il doit aller, ce soir, déguisé, se mêler, à l'entrée de la nuit, aux clients de Danaë, et
tâcher de pénétrer chez elle. Tu prendras dix hommes, bien armés et bien sûrs; tu t'embusqueras avec eux sous l'arc de Marc-
Aurèle, et tu feras, à ton choix, de Cornélius, ou ce que tu as fait
de Licinius Quadratus ou ce que tu as fait du chevalier.

— Mon honneur, dit Bébrix, en se relevant avec fierté, ne me permet pas d'exécuter en tout point les ordres de Votre Excellence.

— Comment cela? fit Crispiciole.

— Avez-vous jamais vu, reprit Bébrix, vous qui êtes doyen du collège des Augures, qu'on envoyât dix victimaires, armés de glaives et de haches, pour saigner un passereau? Allons donc! J'irai, mais seul, et suivi seulement de deux esclaves, portant, non des épées, dont je n'ai que faire, mais des éventails, que rend fort nécessaires la chaleur qu'il fait aujourd'hui. Du reste, si vous voulez, je vous remettrai demain la peau du galant empaillée, comme on dit que le roi Sapor a fait de celle de Valérien, le père de notre empereur.

Fais comme tu voudras, dit Crispiciole, mais va te préparer.

Bébrix partit là-dessus, en fredonnant une chanson égyptienne. Comme il allait disparaître, Crispiciole le rappela et lui dit : N'oublie pas qu'il doit être déguisé, et qu'il essaiera de se mêler aux clients de Danaë pour pénétrer chez elle.

V.

On ne poursuit jamais que ceux qui fuient.

Cornélius Céthégus ne songeait guère au déploiement de force militaire que Crispiciole combinait contre lui; et qui aurait pu le voir, à cette heure, préoccupé, méditatif et sombre, dans son palais de la voie Sacrée, aurait conjecturé en toute certitude que Bébrix n'avait qu'à bien prendre ses précautions pour ne point s'ennuyer, s'il voulait l'attendre à son embuscade de l'arc de Marc-Aurèle.

Le blond, le tendre, le mélancolique Cornélius, était juste l'opposé complet de ces amoureux conquérants et tapageurs, qui escaladent les cœurs et les fenêtres. Pour lui, aimer, c'était rêver d'une façon plus douce. Il fallait même qu'il y eût dans ses affections quelque chose de ce lointain vaporeux, qui estompe les paysages, et qui donne au réel la poésie et la grandeur du possible. Il aimait donc mieux, en fait de passion, demain qu'aujourd'hui, ce qui promet que ce qui donne. Il portait au fond de son âme un trésor inépuisable d'illusions, et par conséquent de bonheur. Tout ce qu'il demandait, c'était d'avoir un prétexte d'aimer à sa guise, avec sa tête, avec son cœur, avec sa nature impressionnable et expansive; et les femmes étaient pour lui comme ces fleurs du mois de mai, auxquelles les araignées fileuses des champs accrochent les bouts de leurs toiles.

Il avait passé sa jeunesse dans les écoles d'Athènes, suivant

les leçons des grammairiens, des rhétheurs et des philosophes ;
et il en était revenu épris de l'abstraction des idées et de la
subtilité des sentiments. Quoique riche, et de cette illustre race
des Céthégus, qui était vieille du temps des guerres puniques,
il se mêlait peu à la jeune noblesse, et méprisait fort les courses
de chars ou de chevaux, les combats de coqs ou de cailles, qui
passionnaient alors Rome désœuvrée. Il avouait, en riant, n'a-
voir jamais su conduire un attelage la longueur d'un hippo-
drome, et n'être pas en état de distinguer un bidet de Macédoine
d'un étalon d'Apamée. Il disait qu'autrefois les gentilshommes
s'occupaient de poésie et d'histoire, et laissaient les écuries à
leurs esclaves ; que Nœvius, Ennius et Caton, étaient des lettrés
fort illustres et des cochers fort maladroits ; et qu'on ne voyait
les eunuques et les valets mener l'empire et faire la besogne des
nobles, que depuis que les nobles menaient les chevaux et faisaient la besogne des valets et des eunuques.

Un jour, il débitait avec humeur ses paradoxes habituels
contre le goût de la noblesse de son temps, en assistant, au cirque de Néron, situé au pied du mont Vatican, à une course de
chevaux dans laquelle la faction des verts avait battu complètement la faction des bleus. Il observa que ses saillies, d'ailleurs
ordinairement fort piquantes, faisaient sourire une vestale,
placée près de Madame la Grande, dans la loge des augustes
religieuses. Il en reçut même, à deux ou trois reprises, quelques
œillades qui le félicitèrent de ses bons mots. Cornélius, qui ne
connaissait encore, en fait de sourires, que ceux que les déesses
adressent aux dieux dans Homère, et qui n'avait jamais vu qu'en
songe les yeux d'une femme doucement arrêtés sur lui, sentit
son cœur se fondre et son âme se briser sous le regard divin de
Lollia Paulina.

Fille de Marcus Lollius, de race consulaire et triomphale, et
arrière petite-nièce de cette belle et illustre romaine du même
nom, qui prétendit à la main de l'empereur Claude après la mort
de Messaline, Lollia Paulina avait été choisie pour vestale par le
souverain Pontife, à l'âge de six ans, selon l'usage. Pendant son
noviciat, qui dura jusqu'à dix ans, on l'instruisit des rites du
sacerdoce, sans parvenir à développer en elle une très robuste
vocation. A dix ans, elle cessa d'être novice pour devenir prê-
tresse, jusqu'à vingt ans. Le nom d'Aimée, que les jeunes vestales prenaient toutes, en échange du leur, en entrant dans
l'ordre, lui paraissait sans doute fort vénérable ; mais elle eût
mieux aimé n'être que simple matrone romaine, et pouvoir
courir sans licteurs aux courses de chars et aux combats de
cailles, qu'elle affectionnait beaucoup. A vingt ans, elle cessa
d'officier dans les cérémonies, pour instruire les jeunes novices ;
et il lui restait encore à prendre pendant quatre ans sa sainteté

en patience, le jour où elle lança au pauvre Cornélius ce regard fatal et enivrant qui décida de sa vie.

Les vestales étaient dégagées de leur vœu à trente ans, et pouvaient se marier. Lollia Paulina, offerte, encore enfant, au collége, par son père, ne se proposait pas de porter son dévoûment à la déesse au delà du terme des décrets pontificaux. Elle se considérait donc par avance comme de ce monde brillant du patriciat romain, dans lequel elle allait rentrer, et son regard impatient y cherchait déjà sa place.

Lollia Paulina avait ce charme accentué et vainqueur que l'automne de la jeunesse donne aux belles femmes. La beauté est une chose qui s'apprend, comme l'esprit. A dix-huit ans, les femmes en sont encore embarrassées; à vingt-cinq, elles en comprennent mieux l'harmonie, le sens et le pouvoir. Ce ne sont jamais les jeunes filles qui ont fait les grandes passions. Hélène était mariée, lorsque Pâris l'enleva, et Cléopâtre déjà vieille, lorsque Antoine joua et perdit, pour lui plaire, la moitié du monde avec sa vie.

Du reste, il n'y avait pas dans tout l'empire romain une femme qui pût, mieux que Lollia Paulina, enflammer l'imagination à la fois chaste et ardente de Cornélius. Sa qualité de vestale lui permettait de sortir par la ville sans être voilée, comme les matrones; et les sévères règlements de l'Ordre lui interdisaient, soit au dehors, soit au dedans, la société mondaine, passé une certaine heure du jour. Une moitié de sa vie était éclat, l'autre moitié, mystère; elle vivait tour à tour avec les hommes et avec les dieux, adorée des uns, adorant les autres, nature à demi humaine, à demi céleste, réunissant les passions de la terre à la pureté du ciel.

Cornélius Céthégus s'attacha peu à peu à Lollia Paulina, et lui voua sa pensée, son affection, sa vie. Le bruit de cette étrange passion, chantée par Cornélius en strophes allégoriques, qui en dissimulaient vainement l'ardeur sacrilége, se répandit rapidement jusqu'au fond des gynécées; et les vénérables nourrices, qui avaient la garde des enfants, fredonnèrent bientôt autour des jeunes filles des ballades en langue guaditane, sur la vestale Minutia, que la coquetterie conduisit autrefois au crime, et qu'on avait entendue gémir plusieurs nuits dans son tombeau, sous le pavé de la porte Colline.

Pendant quatre ans, Cornélius n'eut qu'une pensée, l'amour de Lollia. C'était l'usage des poètes de célébrer sous des noms empruntés les femmes qu'ils aimaient. La Lesbia de Catulle cachait Clodia; la Cynthia de Properce cachait Hostia; la Délia de Tibulle cachait Plania; Virgile lui-même avait chanté sous le nom d'Alexis le fils de Pollion. Cornélius publia une foule d'odes passionnées, adressées à la belle vestale, mystérieusement désignée par le nom de Flora, qui était l'appellation sacrée par laquelle Rome était nommée dans la théologie des Pontifes.

Enfin, le jour arriva où les vœux de Lollia Paulina expirèrent. Cornélius, pour lequel son amour avait été une source d'inspirations poétiques, se trouva inquiet et vaguement effrayé d'atteindre à ce but, vers lequel il avait pourtant incessamment marché pendant quatre années. Il aimait Lollia Paulina profondément; mais il s'était habitué à voir en elle une muse plutôt qu'une femme; et son amour était moins un désir qu'une adoration.

Le sacerdoce produisait cet effet sur les vestales, que l'autorité paternelle était brisée par la consécration. Lollia, une fois libre de ses vœux, ne dépendait plus que d'elle. Son caractère l'avait même soustraite à cette tutelle perpétuelle de la famille, que les autres femmes subissaient jusqu'à leur mort. C'était donc d'elle-même que Cornélius devait obtenir sa main. Lollia, flattée de l'amour si délicat et si enthousiaste de Cornélius, attendait sa demande. Les jours se passèrent; Cornélius faisait toujours des odes, mais il ne parlait de rien. La fierté de Lollia en fut blessée. Les plus belles années de sa vie s'étaient passées dans les rigueurs des pratiques religieuses; elle rêvait les joies du monde, les combats de gladiateurs, avec les rugissements des lions, les dévotions aux temples dans une belle chaise à livrée, et puis, le soir, la promenade aux jardins du mont Pincius, avec des torches qui étoilaient la terre, et les astres qui étoilaient les cieux. Cornélius, de son côté, fut choqué de cette avidité fébrile qui dévorait les plaisirs. Il reprochait à Lollia les belles perruques blondes, poudrées en étages, qui la faisaient remarquer des élégants, les deux cercles de carmin dont elle entourait ses yeux, et l'admiration naïve qu'elle témoignait, aux cirques, pendant la lutte des factions.

Cette opposition de goûts, qui éclatait en épigrammes et en disputes, altéra la sérénité charmante des anciennes relations de Cornélius et de Lollia. Lui, voulait rêver; elle, voulait briller; il était poète, elle était femme. Lollia se rappelait ce Cornélius si timide et soumis d'autrefois, et elle soupirait; Cornélius se rappelait cette Lollia si simple et si pure d'autrefois, et il pleurait. Elle avait perdu son amant, il avait perdu sa muse.

Sur ces entrefaites, le sénateur Publius Cornélius Sécularis obtint l'édilité. Il n'était ni jeune, ni spirituel, ni beau; mais il était riche, et il poussait à l'extrême le goût des somptuosités et des profusions extérieures. Il donna des jeux qui durèrent trois jours. Il avait envie d'arriver au consulat; mais il n'était pas marié, et Gallien lui avait objecté les lois d'Auguste sur le célibat des grands dignitaires. Il songea donc à se marier, et la grande beauté de Lollia Paulina ne lui laissa pas la liberté de choisir. Ce fut précisément la veille de l'ouverture des jeux qu'il la demanda en mariage. Lollia, qui était en ce moment en querelle avec Cornélius, au sujet de danses ioniennes, auxquelles il ne voulait pas qu'elle assistât, demanda du temps pour réfléchir. Les jeux surpassèrent en magnificence les plus belles fêtes impériales. Trois cents gladiateurs y périrent, et on y tua cent lions à coup de flèches. Aux courses de chevaux, qui eurent lieu le deuxième jour, quatorze étalons d'Espagne de la faction rouge, qui appartenaient à Publius Cornélius Sécularis, remportèrent le prix contre la faction violette. Son Excellence fit hommage des vainqueurs à Lollia, qui s'en montra fort touchée. Le lendemain, des combats de coqs et de cailles eurent lieu dans l'enceinte du grand cirque. Dix coqs, appartenant à Publius Cornélius Sécularis, coiffés de beaux chaperons de pourpre, et chaussés d'éperons d'or, mirent en pièces les rivaux qu'on leur présenta, et toutes ses cailles furent également victorieuses. Son Excellence fit loger ses gladiateurs emplumés dans de belles et immenses cages qu'il avait à ses jardins du mont Cælius, et il les offrit encore à Lollia, avec les jardins, le palais, sa fortune et sa personne.

Lollia Paulina, étourdie du bruit de ces fêtes, éblouie par l'éclat d'une vie de luxe et de faste, accepta. Deux jours après le mariage se fit à l'autel des dieux domestiques de Publius Cornélius Sécularis, selon le rite de la confarréation, qui appartenait au droit canonique des familles patriciennes et sacerdotales.

Cornélius Céthégus était dans son palais de la voie Sacrée, relisant une ode en vers saphiques adressée à Lollia, dans laquelle il lui disait qu'il fallait vivre doucement pour être heureux, et se pardonner pour s'aimer, lorsque son ami Julius Serranus vint le voir, et lui demanda nonchalamment ce qu'il pensait du mariage.

— De quel mariage? fit Cornélius.

— Eh! par Castor! de quel mariage veux-tu que je te parle, répondit Julius Serranus, si ce n'est de celui de Lollia?

— Le mariage de Lollia? reprit Cornélius un peu décontenancé. Tu me fais trop d'honneur si tu me prends pour Œdipe; je ne comprends pas.

— Ah! tu ne comprends pas? s'écria Serranus. Voici, par Jupiter! une poignée de noix qui me viennent de la noce; le gros Edile me les a envoyées ce matin. Tu comprends maintenant, je pense; et il jeta les noix sur la mosaïque de la chambre.

Cornélius, tremblant et pâle, se rappela tout d'un coup les galanteries de Publius Cornélius Sécularis auprès de Lollia. Son âme candide et dévouée se brisa à la pensée de cet abandon. Julius Serranus, qui le croyait instruit de tout, lui prit vivement

la main, et lui demanda pardon de s'être fait le messager sinistre
de cette affreuse nouvelle.

— Je le savais, reprit doucement Cornélius, pour calmer la
douleur sincère de son ami, et peut-être aussi pour consoler ce
démon familier de l'amour-propre qui habite au fond des plus
grandes âmes. A ce soir, dit-il, au coucher du soleil, sous le
portique d'Octavie ; et puis, de là, nous irons souper gaîment à
la taverne de Néron, au pont Milvius.

Lorsque Julius Serranus fut sorti, Cornélius s'assit, morne,
muet, anéanti. Sa tête s'affaissa et se cacha dans ses mains. Il
resta ainsi quelques instants ; puis, un mouvement convulsif et
régulier souleva péniblement sa poitrine ; il sanglotait. Il alla le
soir sous le portique élégant d'Octavie ; les jeunes patriciens qui
s'y promenaient, et qui y disputaient avec des rhéteurs et avec
des poètes, eurent les plus grands égards pour lui, et affectèrent
de ne pas voir son désespoir à travers la transparence de sa gaîté
empruntée.

Pendant deux années, Cornélius mena une vie sombre et solitaire. La poésie, si douce autrefois pour lui, quand il adressait
des vers à une femme aimée, lui devint maussade et ennuyeuse.
Il voulut retourner en Grèce, mais le ciel lui en parut froid et
brumeux. Il revint à Rome. L'annonce des jeux et des courses
aux cirques le jetait dans une irritation profonde : il n'osait pas
y aller, craignant d'y trouver Lollia. Cependant, un jour, ne
pouvant plus résister à cette espèce de siège que le souvenir
d'une femme aimée mettait autour de lui, fatigué de ne pouvoir plus aller aux lieux où elle se trouvait, de ne pouvoir plus
passer par les rues où elle passait, il résolut d'essayer jusqu'à
quel point le vieil et irrésistible empire de Lollia dominait encore son âme. Il se rendit au cirque de Néron, à une lutte de la
faction blanche et de la faction verte. Il alla prendre sa place
aux gradins des sénateurs, sans oser regarder autour de lui ;
puis, quand il se fut un peu enhardi, il chercha Lollia du regard
sous le dais consulaire. Il la vit ce qu'elle était toujours, belle
et charmante ; mais son cœur n'éprouva pas la violente secousse
à laquelle il s'était attendu, et il en fut plein de joie.

Cornélius entrait donc dans cette convalescence des âmes
brisées, bien plus lente que la convalescence du corps. Ceux
que la souffrance a longtemps retenus dans l'inaction et les ténèbres, considèrent comme perdus et effacés de l'existence les
longs jours passés sans promenade et sans soleil ; Cornélius considérait aussi comme rayées du livre de sa vie les deux années
d'anéantissement et de torpeur morale durant lesquelles il n'a-
vait rien aimé ; et il saluait avec extase le calme naissant et les
appétits encore incertains de son âme réveillée, comme un ma-
lade salue la première hirondelle et l'aubépine en fleur. Un

soir, il descendait des jardins de Mécène, vers la voie Labiana, seul, le front incliné, rêvant malgré lui de nouvelles amours. Il n'avait pas observé une chaise dorée, portée par quatre Maures, suivie de valets de pied en livrée, et ayant à ses portières deux esclaves de Phrygie qui éventaient, avec des rameaux d'olivier trempés dans de l'eau de rose, une femme nonchalamment renversée dans le fond, et dont le regard semblait chercher les étoiles par-dessus le mont Esquilin. Cette rencontre mystérieuse, qui répondait si bien à l'état de sa pensée, le frappa vivement. Il s'approcha, autant qu'il put, dans l'ombre, de cette femme inconnue, pour chercher à distinguer ses traits. Il remarquait sa robe en drap d'or, signe d'une matrone, et son voile rabattu, signe d'une femme mariée. Son attention avait déjà été aperçue des esclaves, qui s'en montraient choqués pour l'honneur de leur maîtresse, lorsque celle-ci mit son visage à la portière de sa chaise et souleva son voile pour voir ce curieux obstiné. Cornélius recula vivement, en retenant à demi une exclamation de surprise. C'était Lollia.

Je suis guéri! se dit Cornélius à lui-même. Aujourd'hui, j'ai cheminé longtemps à côté d'elle, je l'ai regardée, je l'ai presque insultée à force d'attention, et je ne l'ai pas reconnue; autrefois, je la devinais sans la voir. Oh! je ne l'aime plus! Puis, il suivit de l'œil, avec un sourire, la chaise qui s'en allait devant lui, et qui disparut derrière la colonnade de l'amphithéâtre de Vespasien.

C'était en ce même temps que Fabiola venait d'acheter Danaë au marché des esclaves. Cette femme vénérable, image de ces nourrices qui accompagnent les princesses dans les tragiques grecs, et aussi dévouée que la vieille Euryclée, qui reconnut Ulysse, avait apporté sa part de consolations aux longues douleurs de Cornélius; et puis, une fois le jeune sénateur revenu à la joie, elle se donna tout entière à la pauvre bergère des Pyrénées. Cornélius et Danaë étaient pour elle ses enfants. Elle les entretenait successivement l'un de l'autre. C'est ainsi qu'ils se virent, et que Cornélius aima Danaë.

Lorsque cette passion nouvelle fut devenue sérieuse et profonde, et tandis que Cornélius y réfléchissait un jour mûrement, son esclave camérier introduisit une femme qui avait, disait-elle, à lui parler. Cette femme était une suivante, qui lui remit une lettre. Cornélius en brisa le cachet sans empreinte. Elle était de Lollia.

Cette lettre était longue, et Cornélius la lut sans changer de visage. Lollia Paulina demandait pardon à Cornélius des chagrins qu'il avait eus, et dont elle avait été cause. Elle attribuait à un dépit la résolution subite de son fatal mariage, et elle disait à Cornélius qu'elle l'avait toujours aimé. Elle le conjurait

de se reporter par le souvenir aux belles années de leur affection
si pure et si vive, et se prétendait si malheureuse, que Cornélius aurait pitié de son désespoir. Elle finissait en le suppliant
d'oublier le mal qu'elle lui avait fait, et de faire qu'elle pût lui
parler le lendemain aux jardins de Mécène.

Cornélius dit à la suivante qu'il répondrait le soir même à sa
maîtresse. Il se mit en effet à rassembler ses idées, en se pro-
menant dans sa chambre; et puis, précisément à l'heure où Bébrix allait l'attendre pour le tuer, sous l'arc de Marc-Aurèle, il
écrivait ainsi à Lollia :

« Non, Lollia, je ne vous parlerai pas demain aux jardins de
Mécène; non, le retour aux choses du passé n'est point possible; non, vous n'êtes point changée. Autrefois, ce fut une fantaisie de votre âme de faire sur moi l'essai du désespoir; maintenant, c'en est une autre de faire sur moi l'essai de la miséricorde. Je n'avais rien fait alors pour être affligé, je n'ai rien fait
aujourd'hui pour être consolé; vous voulez renouer par caprice
un lien brisé par caprice : vous voyez bien que vous n'êtes pas
changée.

» Les affections ont leur logique, Lollia, et le cœur n'ignore
jamais ce qu'il fait. Je savais bien pourquoi je vous aimais,
moi! vous ne le saviez pas, vous, puisque vous vous êtes re-
prise de votre tendresse comme d'une erreur, comme d'une
faute.

» O Lollia, je puis le dire, maintenant que je ne souffre plus
à le penser, vous avez été bien aimée! Il n'arrive presque jamais
qu'un homme et une femme qui s'unissent, qui passent leur
vie ensemble, qui se chérissent même et qui se dévouent l'un à
l'autre, aient commencé par se choisir et par se préférer à tous,
mutuellement. D'ordinaire, c'est un hasard, une convenance,
un intérêt, qui les rapprochent; puis vient la confiance, puis
vient l'estime, puis vient l'amour; et celui-là même est peut-
être le plus solide, parce qu'il a pour base l'appropriation des
caractères et l'expérience des relations. Mais il y a pour nous de
certaines femmes divines et souveraines, que nous ne connais-
sons point, dont nous ne savons pas le nom, qui ont passé devant nous au milieu d'une foule, qui ont pris possession de
notre âme par un regard, et puis qui ont disparu, souvent pour
jamais, sans que leur empire se détruise et sans que leur souvenir s'efface. Quelquefois, après des mois, après des années, à
un certain moment où nous avons le front incliné et la pensée
errante, quelque chose de mystérieusement étrange, un frôlement de robe qui émeut, une forme aperçue autrefois dans un
rêve, nous retirent tout à coup de cet abattement du corps et de
l'esprit; — c'est la vision fatale qui passe, c'est le regard vainqueur d'autrefois qui nous illumine, c'est une âme qui dit à

notre âme : Je suis ta destinée ; tu m'appartiens, ne m'oublie pas.

» Il n'y a pas un de nous qui n'ait ainsi dans le vague, dans la foule, on ne sait où, une femme qu'il aime et qui sait qu'elle est aimée, qu'il aimera toujours, sans le lui dire peut-être jamais, et qui, en récompense de cette pure et sainte affection, inviolablement gardée à travers tous les engagements de la vie, lui apparaît de temps en temps avec son invisible sourire et son éternelle beauté. Lollia, vous étiez pour moi cette femme !

» Oui, pendant des années entières, sans vous connaître, sans savoir votre nom, sans rien attendre, sans rien espérer de vous, je vous ai chastement et ardemment aimée. Je vous aimais avec transport, avec respect, avec résignation, comme on aime l'inconnu et l'impossible. Quand vous passiez devant mes yeux, à grands intervalles, j'élevais vers vous les sentiments les plus nobles de mon âme ; et je n'éprouvais aucune surprise, aucun dépit de vous voir disparaître, comme on regarde les étoiles, sans être irrité de ne pouvoir les saisir.

» Lorsqu'un jour, après avoir compris et mis à l'épreuve cette longue affection, l'idée vous vint d'en avoir pitié, et que votre regard, doucement abaissé vers moi, me dit : Attends et espère ! Je vous aimai donc, Lollia, comme on aime les choses inattendues et tellement hautes, que l'ambition la plus osée n'est pas surprise de n'en pas atteindre le sommet. Vous remplaciez toutes les affections mortes de ma vie, et vous m'en donniez d'autres, sur lesquelles je n'avais pas compté. J'avais perdu mon père, qui comprenait les efforts de ma pensée ; j'avais perdu ma mère, qui comprenait les peines de mon cœur ; à vous seule, vous me rendiez, c'est peut-être impie de le dire ! plus que je n'avais perdu ; car vous aviez l'intelligence comme l'un, la bonté, comme l'autre ; la jeunesse et la grâce, de plus que tous les deux. Voilà comment je vous aimais, ô Lollia ; voilà quelle tendresse vous avez éteinte et quel cœur vous avez brisé !

» Maintenant, vous voulez que je vous pardonne ? O femmes imprudentes que vous êtes, vous ne comprenez jamais ni la cruauté du mal que vous faites, ni l'impossibilité de la réparation que vous offrez ! Vous voulez que je vous pardonne, Lollia ? mais, pardonner quelqu'un, c'est lui faire grâce de sa colère, et je n'ai pas de colère contre vous. Je vous ai longtemps aimée, toujours regrettée, jamais haïe. Il n'y a que les natures basses qui puissent vouer leur haine à qui a eu, un seul jour, leur respect et leur affection. Ce n'est donc point le pardon de vos torts qu'il fallait me demander, Lollia ; c'est leur oubli ; et comment voulez-vous que j'oublie que vous m'avez trompé ?

» Ce que j'aimais en vous, Lollia, ce n'était pas seulement la beauté de votre corps, c'était encore sa pureté ; c'était votre âme,

où nulle pensée n'était entrée, avant moi, que la pensée du devoir et la crainte des dieux. C'est la jeune fille, devant qui toute
tête s'inclinait, toute calomnie se taisait, tout cœur s'émouvait,
que j'ai aimée, que j'ai regrettée, que j'ai pleurée ; mais la matrone qui court aux fêtes dans sa litière, mais la femme du
consul, je ne l'aime pas, je ne la pleure pas, je ne la connais
pas.

» O Lollia, s'il était possible, même à un dieu, de faire que
ce qui a été n'eût pas été ; s'il était possible de me rendre cette
femme chaste et vénérée d'autrefois, auprès de laquelle, dans
ma pensée, rien n'a été beau, rien n'a été auguste, rien n'a été
adoré, ce n'est pas vous qui auriez eu besoin de réveiller la
cendre de mes affections éteintes ; je me serais traîné à vos genoux, avec des pleurs dans les yeux, des sanglots dans la voix, le
désespoir dans l'âme, et je vous aurais dit : O Lollia, ô mon
trésor, ô ma vie, laissez-moi encore vous aimer !

» Mais, tout cela est impossible, vous le voyez bien. Quand le
monde entier ignorerait votre faute, je la saurais, moi !

» Ainsi, Lollia, tout est fini. Nous sommes morts l'un pour
l'autre. Si nous nous rencontrons jamais, nous resterons mornes
et silencieux comme des ombres. Nos âmes étaient d'un autre
monde ; nos corps seuls sont de celui-ci.

» Adieu donc, ô jeune fille si pure d'autrefois ; adieu, ô mon
beau souvenir d'un temps évanoui ; vous resterez enseveli et
embaumé dans mon cœur, mieux que dans la myrrhe et le cin-
name ; mais vous, Lollia Paulina, vous, femme qui m'avez
trompé, et qui vous repentez en vain, je ne vous aime plus ; car
j'en aime une autre. »

Cornélius Céthégus scella cette lettre avec son anneau, et la fit
porter à Lollia. Comme la chaleur baissait avec le jour, il fit
approcher sa chaise, et il alla joindre ses amis qui l'attendaient
sous le portique d'Octavie.

VI.

Le Loup mangé par l'Agneau.

Vers huit heures du soir, le jour même, un peu après le moment que le poète Martial assigne au souper de César et à la lec-
ture des petits vers, deux hommes cheminaient, par des routes
différentes, vers le palais de Danaë.

L'un, enveloppé du sagum militaire, descendait de la porte
Colline, le long de la muraille de Servius Tullius, jusqu'au vieux
marché à l'huile, qui est aujourd'hui le Campidoglio-Vecchio,
et puis prenait à droite, vers les jardins de Lucullus. Il marchait

lentement, la tête penchée, portant horizontales les deux plumes d'aigle qui étaient attachées à son piléus de montagnard. Sa main droite maintenait en repos les tassettes de sa cataphracte, et la gauche jouait avec la poignée d'une épée gauloise, qui se terminait par des babines de lion. Sa tournure était celle d'un soldat en tenue de ville.

L'autre venait du quartier du Forum ; il avait la démarche géométrique et la hanche effacée, comme un homme qui a longtemps pratiqué les principes de la palestre. La lunule démesurée qu'il portait sur sa chaussure temoignait aux yeux les plus distraits de sa qualité de patricien. Il paraissait rigoureux sur l'étiquette de sa qualité, car il n'avait pas donné dans cette intempérance de costume, qui métamorphosait en autant d'Asiatiques les Romains de son temps. Il portait la toge en laine de Grenade, avec la bordure de pourpre ; seulement, son pallium traînait un peu derrière lui. Le capuchon en était rabattu, comme s'il avait voulu saluer ; mais ce n'était qu'une précaution contre la chaleur excessive d'une soirée assombrie d'orages. Ses jambes et ses bras soigneusement épilés au psilothrum avaient été passés ensuite à la craie, et revêtus, pour dernier lustre, de trois couches de pommade aux fèves grasses. Cet apprêt donnait à penser qu'il était soigneux de sa personne, ce qui était confirmé par les mouches distribuées sur son visage. Il avait à la naissance du cou une large cicatrice, qu'il disait être un coup de framée, reçu dans ses anciennes campagnes ; mais elle laissait reconnaître, quand on la regardait de près, les traces évidentes d'un trident de rétiaire. Il portait la longue épée des hastaires, au côté droit, selon l'usage ; et l'on apercevait, par l'entrebâillement de sa toge, le manche d'un poignard recourbé d'Illyrie, qu'on appelait *sica*, d'où est venu le mot français *sicaire*. Deux esclaves, tenant des éventails en plumes de paon, imprégnés de senteurs, suivaient ce personnage, dans lequel nous pensons qu'on aura reconnu le seigneur Bebrix.

Ces deux hommes arrivaient en même temps, l'un de l'orient, l'autre du midi, au palais de Danaë. Il avait fait tout le jour un temps orageux, qui avait amoncelé un nuage grisâtre sur le mont Esquilin et sur le mont Viminal ; si bien que les rayons de la lune étaient tamisés par ses imperceptibles clairières, avec une parcimonie qui confondait les formes des objets. Il fallait même que ces deux hommes eussent en tête des projets peu susceptibles d'être exposés au grand jour, pour qu'ils se missent ainsi, à cette heure et par ces ténèbres, à parcourir les rues sans être précédés de flambeaux.

Bébrix, suivi de ses deux esclaves, alla se poster sous l'arc de Marc-Aurèle, qui était en face du portique. L'autre personnage, qu'il avait déjà aperçu et qu'il croyait être le sénateur Cornélius

Céthégus, déguisé en soldat, s'avança vers les clients, qui cau-
causaient entre eux par groupes, en attendant la distribution
des sportules.

Bébrix, sénateur de fraîche date, ne connaissait Cornélius que
d'une manière assez vague : cependant il lui trouvait ce soir-là
une taille plus élevée qu'à l'ordinaire, ce qu'il mit sur le compte
d'une illusion d'optique, produite par l'obscurité. Il avait tracé
dans sa tête les premiers délinéaments d'un plan de campagne,
qui consistait à empêcher Cornélius d'entrer chez Danaë ; mais
il rencontra, une fois sur le terrain, d'assez graves difficultés,
qu'il n'avait pas prévues. Ce n'était pas précisément de tuer le
jeune sénateur, qui l'embarrassait ; il avait dépêché en sa vie de
bien plus rudes besognes, mais le moyen, par exemple, de l'a-
border au milieu des clients, qui l'auraient peut-être défendu,
et qui, en tout cas, auraient semé l'alarme ? Il ne fallait pas songer non plus à le faire tirer à l'écart par un esclave ; l'amoureux
devait avoir ses instructions, et Bébrix ne les connaissait pas.
Tout bien considéré, il crut qu'il n'y avait pas d'autre moyen de
tuer convenablement Cornélius, que de l'attendre à sa sortie. Il
avait bien un peu sur la conscience la brèche notable qu'allaient
éprouver, par l'entrevue des deux amants, les droits du seigneur
Crispiciole, d'autant mieux qu'il voyait quand cette entrevue
allait commencer, et qu'il ne voyait pas quand elle allait finir.
Mais, par Hercule ! s'écria-t-il, ce n'est pas grand'chose quand
on le sait, et ce n'est rien quand on l'ignore. Le mort ne se van-
tera de rien. Il fut charmé d'avoir trouvé, pour son acquit, une
aussi bonne raison, et il s'assit sur un banc de pierre, placé devant l'arc de Marc-Aurèle, en disant à ses deux esclaves : Allons,
coquins, jouez de l'éventail ; je pense que vous ne laisserez pas
suffoquer un homme de ma sorte.

En ce moment, les derniers clients de Danaë achevaient de recevoir leurs sportules. Le personnage descendu de la porte Colline s'avança vers un esclave noir, debout auprès de la porte ;
celui-ci lui adressa quelques mots à voix basse, et termina leur
court entretien en disant : « Suivez-moi. » Ils entrèrent tous
les deux ; la porte se referma sur leurs pas, et l'on entendit dans
la serrure les grincements qu'y faisait en tournant une clé laco-
nienne.

Ce jour et cette heure étaient attendus, depuis une année,
avec une solennelle et douloureuse impatience par Danaë. Tout
à fait remise de la chaude alarme que lui avait donnée la jalousie de Crispiciole, elle était rentrée chez elle, sous l'escorte de
Bébrix, et s'était couchée, encore sous le poids des vives émotions de la journée. Elle savait que l'esclave de Fabiola avait remis sa lettre à un archer gaulois, qui avait dit être le primipilaire Andronic, et elle ne doutait pas qu'il ne se présentât, à

l'heure dite, au palais de la voie Flaminienne. Quant à l'adresse
et à l'audace nécessaires pour parvenir jusqu'à elle, elle connaissait trop le hardi et brave montagnard pour en avoir la
moindre inquiétude. Ces réflexions épanouirent le cœur, depuis
si longtemps brisé, de la pauvre enfant; ses idées noires s'illumi-
nèrent de l'éclat de ses souvenirs, et elle s'endormit heureuse,
rêvant des bois et des prés où son âme s'était ouverte aux pures
et splendides joies de l'affection.

Quand elle se réveilla, ce qui eut lieu assez tard, elle n'eut
qu'une pensée, celle de se préparer à recevoir Andronic. Tout
d'abord, elle songea à se faire belle et gracieuse. Elle ouvrit tous
ses coffres, bouleversa toutes ses armoires, épuisa tous ses écrins.
Elle délibéra pour savoir si elle donnerait la préférence aux tis-
sus transparents, en lin d'Égypte, ou aux soieries ramagées de
Biblos. Des brodequins en cuir de Venise et des mules en satin
pourpre la tinrent longtemps indécise; et il lui fut impossible
de se prononcer entre une parure de sardoines et une parure
d'onyx. Pendant les incertitudes qu'entretenait cet examen, ses
yeux tombèrent par hasard sur ses vêtements de bergère, qu'elle
avait toujours conservés, et qui étaient soigneusement exposés à
l'endroit le plus visible de sa chambre. A l'instant même, son
irrésolution disparut; elle replaça dans leurs écrins, dans leurs
armoires, dans leurs coffres, les merveilles qu'elle en avait tirées;
et elle demanda pardon, dans son cœur, à Andronic, d'avoir oublié un seul instant, tout en pensant à lui, les simples habits
sous lesquels il l'avait aimée.

Elle s'habilla donc comme elle était autrefois dans les landes
de la Bigorre. Sa cotte en laine, à raies verticales, rouges et
blanches, laissa voir le bas de sa jambe, d'une finesse et d'une
cambrure exquises. Sa brassière en drap bleu enveloppa, toujours avec la même aisance, sa taille élégante et souple, et dessi-
na, dans des manches longues et étroites, le galbe de ses bras
divins. Elle mit à ses pieds nus deux petits sabots minces et légers,
recouverts d'un cuir noir, attaché avec des clous de cuivre, et
terminés par une pointe d'une légère courbure. Elle ôta l'aiguille d'or qui retenait ses cheveux: seulement, elle les enveloppa d'une mignonne coiffe en toile blanche, et elle jeta sur sa
tête un grand capulet de laine rouge, qui couvrait ses épaules et,
descendait jusqu'au bas de sa taille. Comme peu à peu la nuit
était venue, elle fit allumer les bougies pour mieux se voir dans
son miroir d'acier poli; et la petite moue qu'elle fit en se regardant laissa à penser qu'elle n'était pas mécontente de sa toilette.

Danaë s'assit alors, et se mit à penser pour attendre. Sa tête,
chargée de rêveries, ploya peu à peu sur sa main; et elle était
ainsi depuis quelques instants, lorsqu'un esclave noir écarta la

portière et dit à quelqu'un qui le suivait : « Entrez, seigneur. »
Après quoi il se retira.

Ces paroles éclatèrent toutes sonores dans les silencieuses méditations de Danaë. Elle se leva debout, par un élan convulsif; elle étendit les bras et voulut se précipiter : mais elle retomba évanouie en poussant un cri venu de l'âme : ce cri, c'était le nom d'Andronic.

Andronic, car c'était lui que nous avons vu descendre de la porte Colline, resta brisé par ce cri et ébloui par cette apparition. Il regarda autour de lui avec des yeux égarés, porta ses deux mains à son front, où se pressaient de confuses et tumultueuses pensées ; puis toutes ses forces fléchirent, et il tomba à genoux auprès de Danaë. Le cœur du soldat s'emplit et déborda peu à peu d'émotions doucement tristes et tendres ; il prit les deux mains de Danaë dans les siennes et les arrosa, sans pouvoir parler, des larmes abondantes qui coulaient sur ses joues. Au bout d'un instant, Danaë rouvrit les yeux ; et, voyant Andronic agenouillé à ses pieds, elle jeta les bras autour de son cou, en s'écriant : O mon Andronic, je t'attendais et j'ai bien souffert! Andronic ne put encore rien répondre à ces paroles ; et il se passa quelques instants pendant lesquels on n'aurait rien entendu dans la chambre de Danaë, si ce n'est des sanglots étouffés et de muettes étreintes.

Quand toute cette joie, toute cette surprise, toute cette tendresse, furent descendues de l'exaltation qui anéantit à l'émotion qui enivre ; quand les idées furent libres, les langues déliées, les larmes taries, Andronic regarda Danaë avec une expression d'étonnement et d'affection indicibles et s'écria : Mais dis-moi donc, ma Sylvula, ma sœur, ma belle et chaste fiancée, par quel prodige des dieux te retrouvé-je ici?

— Tu le sauras, Andronic. Je te conterai mes chagrins après ton départ, les espérances folles et pourtant réalisées aujourd'hui, de te retrouver à Rome, et l'amitié de Fabiola, une sainte femme, qui m'appelle sa fille et qui sera aussi ta mère, Andronic. J'étais allée avant-hier à une fenêtre de la voie Sacrée, au moment où passait le triomphe, et je croyais t'y voir. Une Thessalienne me l'avait promis. Je te dirai tout cela. Tu ne sais pas? j'ai cru que e mourrais de douleur quand ta cohorte est passée sans toi, et l'on m'a emportée évanouie. Mais hier, je suis allée au camp des Prétoriens, et j'ai vu l'empereur mettre à ton cou un collier d'or. O mon Andronic, mon âme posait alors sur ton front une couronne plus incorruptible encore, faite de ma tendresse et de mon admiration. Mais toi, mon frère, mon seul défenseur au monde, vie, ne sentais-tu pas, au fond de ton cœur, en quelques ontrées que tu fusses, des douleurs profondes et es pressentiments intimes, qui te disaient que je souffrais et que je pleurais pour toi?

— Sois bien sûre, répondit Andronic, ma Sylvula chérie, doux enfant dont j'ai vu naître la grâce et fleurir la pureté, que je te sentais aimer et souffrir en moi-même. Je ne craignais qu'une seule chose, c'est que les dieux ne donnassent pas à ton corps la même force qu'à ton âme. J'étais certain que tu pourrais m'aimer, mais je n'étais pas certain que tu pourrais vivre. Je te disais tout à l'heure qu'il y avait en ceci un prodige des dieux. Ce prodige, ma Sylvula, ce n'est pas ton affection, c'est ton existence.

— Venez donc près de moi, fit Danaë avec un air de dignité charmante : je n'ai pas, moi, pour que vous restiez agenouillé, bel et brave officier, un collier d'or à mettre à votre cou ; je n'ai que mes deux bras pour l'étreindre, et je le pourrai faire tout aussi bien quand vous serez à mes côtés. Parle-moi, Andronic ; il y a si longtemps qu'il fait un silence affreux dans mon cœur, où je n'avais plus que l'écho presque éteint de tes paroles passées.

Danaë l'avait pris par les mains et l'avait fait asseoir tout près d'elle, en disant ces paroles. Elle savait que l'esclave fidèle de Fabiola veillait à quelques pas de sa porte , et que tout dormait dans le palais. Elle le débarrassa de son piléus et de son épée, qu'elle posa sur la table de citronnier. Elle-même ôta son beau capulet rouge, en s'asseyant de nouveau ; et, lui tenant les deux mains dans les siennes, elle se renversa contre le dossier de sa chaise d'ébène, en lui disant : J'écoute.

— Quand nous revenions d'Orient, dit Andronic, nous nous arrêtâmes quelques jours à Smyrne pour donner le temps aux troupes de l'Asie-Mineure, qui devaient triompher avec nous, de rejoindre la flotte. Il y eut alors aussi des galères qui devaient pénétrer, par le détroit de Cadix, dans l'Océan, pour aller donner l'ordre de s'avancer à quelques détachements venus par terre du Danube, et qu'on allait attendre sur la côte de Gascogne. Je n'avais depuis longtemps dans mon âme qu'une pensée, ma Sylvula ; c'était de te revoir. J'implorai, comme une grâce, du tribun de ma légion, d'aller sur les galères qui devaient toucher les grèves de notre océan des Pyrénées, et de pouvoir embrasser mon père, pendant que les troupes arriveraient et s'embarqueraient.

Lorsque je vis, en abordant au rivage, les cimes des pins sur lesquels nos yeux avaient autrefois suivi les volées des palombes, je cherchai aussi les troupeaux que nous y menions paître. Je m'avançai ainsi vers la Bigorre, sans rien trouver, et le cœur plein de pressentiments sinistres. Le second jour, je rencontrai des pasteurs qui n'avaient pas vu ton père et le mien depuis deux années. Le soir du troisième jour, je vis fumer de loin les villages de mon beau pays, et j'allai demander l'hospitalité pour la nuit à des paysans dont j'espérais tirer des nouvelles. Ils m'en donnèrent, en effet, ma Sylvula, et de bien poignantes! Ils me dirent que ton père et ton grand père étaient morts, et que toi, ô ma sainte fiancée, tu avais quitté la Bigorre depuis plus d'une année, suivant, à ce qu'on assurait, une troupe de vagabonds infâmes, qui t'avaient emmenée on ne savait plus où. Je ne le crus pas, ô mon âme, ajouta Andronic, en déposant un baiser sur le front incliné et triste de Danaë ; et j'eus hâte d'aller vers mon père, que je devais trouver avec les troupeaux, dans une vallée qu'on m'indiqua.

Quand j'eus revu et pressé dans mes bras le vieillard, ma première parole fut pour toi. Mon père demeura muet et sombre.

— Au nom des dieux, mon père, où est Sylvula? Des misérables ont osé me dire qu'elle avait suivi des étrangers qui passaient. Je sais bien que cela n'est pas possible. Par pitié, où est-elle?

— Elle est morte, me répondit mon père ; morte de désespoir, sans doute, ajouta-t-il, comme j'allais lui demander où étaient déposés tes restes, car j'ai inutilement cherché son corps sur la berge des Gaves. Je suis resté seul, mon fils, pour pleurer tout le monde, et je te laisserai sans doute bientôt l'héritage, encore grossi, de ces douleurs.

Juge, ô mon amie, de l'aspect qu'eurent pour moi ces vallées, jadis si belles, où maintenant toutes les affections de ma vie allaient s'éteindre, avec mon vieux père ; où j'étais accouru, de plus de mille lieues, pour dire à ma fiancée : Je t'aime! et où je ne trouvais pas même son tombeau! Je partis sur le champ, l'âme anéantie, promettant de revenir, mais comprenant que je ne pourrais jamais pardonner à un pays qui ne m'avait pas gardé, deux années, ce qui lui donnait tout son charme et tout son éclat à mes yeux.

Quoi que tu aies souffert, ma pauvre Sylvula bien aimée, je l'ai souffert comme toi. Je t'ai crue morte, je t'ai pleurée ; et hier, quand j'étais à genoux devant l'empereur, mon âme invoquait ta jeune ombre et t'offrait le sacrifice du peu de gloire qui venait de rayonner sur moi. Mais dis-moi donc quelque chose du mystère de ta vie. Comment es-tu venue à Rome, et chez qui sommes-nous maintenant?

— Nous sommes chez moi, répondit Danaë.

— Chez toi! fit Andronic, pâle d'étonnement.

Et il se mit à se lever et à considérer toutes ces choses, qu'il n'avait pas seulement vues ; les meubles de soie sur lesquels il s'était assis ; les tapis de Babylone, dont il foulait les dessins fantasques ; les torchères scintillantes, dont les bougies éclairaient une chambre éclatante de pourpre et d'or.

— Chez toi ! reprit-il d'une voix forte, dans laquelle perçaient des pressentiments terribles et un sombre désespoir. C'était donc vrai, ce que disaient ces misérables, qui ont voulu flétrir ta mémoire ! Oh ! je comprends maintenant, s'écria-t-il en reculant de deux pas, l'hésitation de mon vénérable père ; il a mieux aimé que j'eusse une sainte fille à pleurer qu'une prostituée à maudire !

— Andronic, Andronic ! s'écria Danaë en se levant, ne prononcez pas devant moi de ces horribles paroles ! J'allais mourir demain pour rester digne de lui, si je ne l'avais pas revu, dit-elle la voix brisée de sanglots ; et c'est lui maintenant qui m'outrage ! Grands dieux, que vais-je devenir, s'il ne croit pas à un amour comme le mien ? Regardez-moi, Andronic, et dites si j'ai l'air d'une prostituée !

Elle avait, en disant ces paroles, tant de fierté dans le regard, tant de dignité dans la voix, tant d'innocence dans le visage, qu'Andronic parut visiblement troublé et confus de ce qu'il avait dit. Cependant il restait toujours à expliquer comment Danaë pouvait se trouver chez elle, dans un palais si magnifique. Elle eut pitié de ce douloureux combat entre son cœur et sa raison. Elle s'avança doucement vers lui, et lui tendit la main, en lui disant : Je vous pardonne. Alors, elle le fit asseoir de nouveau à côté d'elle. Écoutez-moi, ajouta-t-elle, vous chercherez ensuite le nom que je mérite, pour me faire oublier..., pour vous faire oublier celui que je m'avez donné.

Danaë reprit alors l'histoire de sa vie. A mesure que son récit arrivait aux choses tristes et désespérées, les yeux d'Andronic se mouillaient de larmes. Quand elle raconta comment elle avait été vendue, et comment Fabiola l'avait trompée pour l'empêcher de mourir, Andronic tomba à ses genoux, et lui demanda grâce !

— Comment donc as-tu fait, ô ma bien aimée, ô mon épouse, pour suffire à tant de douleurs et à tant d'obstacles ! Quand tu étais enfant, il fallait te porter dans mes bras pour passer les ruisseaux, parce que tu n'osais pas mettre tes pieds même dans des flots où un agneau n'eût pas mouillé sa toison : comment donc, dis-le-moi, je t'en prie, es-tu devenue si courageuse, si forte, si sublime de résolution ?

— Parce que je t'aime, répondit Danaë en souriant. La nature a mis en nous, si chétives et si faibles, des forces immenses, qui y dorment, aux jours de paix pour se réveiller aux jours de grandes épreuves. Le cœur d'une femme, Andronic, est comme un grain d'encens : ce n'est que lorsqu'il brûle qu'il exhale son parfum.

Tu vois, ajouta Danaë, que, si je suis aujourd'hui chez moi dans ce palais, j'y suis sans honte et sans crime. Et puis, n'est-ce pas, tu viendras m'en arracher demain !

— Aujourd'hui même, reprit vivement Andronic ; car pourquoi donc n'en sortirais-tu pas avec moi ?

— Cela ne se pourrait pas sans nous perdre, répondit Danaë. Et là-dessus, elle lui fit comprendre comment il fallait s'assurer, avant tout, une retraite assez obscure pour y échapper aux recherches que ne manquerait pas de faire le comte Crispiciole. Elle s'en rapportait sur ce point à la tendre sollicitude de Fabiola, qu'elle allait envoyer chercher. Elle acheva, en recommandant à Andronic de faire ses préparatifs pour l'emmener le lendemain, et de se présenter au palais, de la même manière et à la même heure. Puis elle se leva pour écarter les lourds et épais rideaux d'étoffe de pourpre qui masquaient une fenêtre, et elle fut toute surprise, en s'approchant, d'apercevoir, par les ouvertures horizontales des volets, les premières lueurs de l'aurore, qui blanchissait l'acrotère de l'arc de Marc-Aurèle.

Pars maintenant, dit-elle, mon Andronic. Voici le jour. Nous aurions été avertis, dans nos vallées, par le cri de l'allouette et par l'aile du ramier quittant la branche de l'yeuse.

En disant ces paroles, la jeune fille s'approcha d'Andronic, timide et le front baissé. Le montagnard y déposa un baiser en silence, et sortit le cœur inondé de joie. Le fidèle esclave noir, qui l'attendait, le reconduisit par la main. Il ouvrit la porte sans réveiller l'esclave portier : et Andronic, une fois dans la rue, reprit le chemin du camp des Prétoriens.

Il avait à peine fait quelques pas, lorsqu'un homme, debout au milieu de la route et flanqué, à quelque distance, de deux autres hommes, également debout, s'avança résolument vers lui.

— Par Castor ! dit l'inconnu en l'abordant, il paraît, cher seigneur, que vous mettez le temps aux choses. Les aurores sont très fraîches en plein air, savez-vous, surtout lorsqu'on les attend, sept grandes heures, avec deux éventails pour manteau.

— Vous vous trompez sans doute, fit brusquement Andronic ; débarrassez-moi le chemin.

— Du tout ! du tout ! continua l'inconnu ; je ne me trompe pas ; j'ai eu, par Jupiter ! assez de temps pour réfléchir. Et surtout, croyez bien qu'on ne me trompe pas. Pensiez-vous d'aventure, tourtereau mon mignon, que c'était en mettant deux plumes d'aigle sur votre bec, que l'on faisait ployer les filets à un oiseleur de mon expérience !

— Ah ! dit Andronic impatienté, que me veut donc cet homme ?

— Moi, cher seigneur, rien du tout. Mais c'est son excellence le comte Crispiciole qui trouve que vous voulez beaucoup trop de choses à une princesse de théâtre qui loge en ce palais. Comme il n'aime pas que les jeunes patriciens qui sont, comme vous, l'espoir du nom romain, perdent leur temps à ces folies, il m'a chargé de vous tuer. Je n'ai pas oublié ma qualité en acceptant cette mission. Je ne vous dépêcherai donc pas comme les autres; mais je croirai avoir satisfait au devoir de la confraternité sénatoriale en vous priant de me montrer la longueur de votre épée.

Là-dessus, l'inconnu portait la main à la garde de son glaive. D'un bond, le vigoureux montagnard fut sur lui. Il saisit son épée avant qu'elle ne fût tirée, et l'arracha, encore dans sa gaîne de bronze, en brisant le baudrier. Le mouvement de haut-le-corps qu'Andronic imprima à son adversaire, fit tomber un poignard que celui-ci portait dans les plis de sa toge. Il voulut se baisser pour le ressaisir; mais Andronic le frappa vigoureusement sur la nuque, avec la lourde gaîne de son épée, qu'il tenait dans sa main, et de ce seul coup l'étendit par terre. Il voulut d'abord le tuer, comme un assassin; mais il avait son âme si remplie de douces pensées, qu'il n'eut pas la force de se mettre en colère. Et puis, il ne connaissait pas cet homme, et l'idée lui vint qu'il était peut-être fou. Il se borna donc à le châtier très paternellement, à grands coups de pied; puis il jeta au loin l'épée qu'il lui avait ôtée, et il s'en alla.

Cette chaude correction avait été administrée avec une telle promptitude, que le seigneur Bébrix, car c'est Sa Sincérité en personne que nous avons vu rouer de coups, n'eut pas le temps de se reconnaître. Il croyait toujours avoir affaire au sénateur Cornélius; et il avait été tellement stupéfié de se sentir assommer par ses mains délicates, enduites de pâte de Venise, qu'il ne songea pas à se prémunir contre un danger sérieux.

Il se souleva au bout de quelques instants. Par Jupiter! se dit-il, ceci est la fin du monde. Hôla! coquins, cria-t-il à ses esclaves, laissez là vos éventails, et venez me relever. Mais les esclaves avaient joué des jambes, au commencement de l'action, croyant leur maître mort. Il secoua donc tout seul la poussière de sa toge, et vérifia la gravité de ses contusions.

— Qui aurait jamais cru, poursuivit-il que ce Cornélius sans barbe avait une telle vigueur! Oh! l'Endymion maudit, il m'a disloqué. Par Castor! je ne vois pas pourquoi ces gens-là sont sénateurs. S'ils voulaient, ils seraient tout aussi bien gladiateurs, ou portefaix au port d'Ostie. Il valait vraiment bien la peine d'attendre l'aurore pour cela?

Ainsi, fit-il en comptant sur ses doigts, premièrement, l'honneur du seigneur Crispiciole gravement atteint; deuxièmement, mes épaules odieusement diaprées. La nuit n'a pas été bonne. De tout ceci, il ne faudra raconter au seigneur Crispiciole que la moitié; encore, aurai-je assez de grandeur d'âme pour n'avouer que celle qui me regarde.

C'est égal, grommela-t-il en reprenant la voie Flaminienne.

je n'aurais jamais cru que ce petit Cornélius, à mine langou-
reuse, était de force à rosser Pirithoüs.

VII.

A Mari qui dort, Femme qui veille.

Quand Danaé eut entendu la porte du palais se refermer sur
les pas d'Andronic, et que l'esclave se fut présenté pour prendre
ses ordres, elle lui commanda d'aller chez Fabiola, et de lui dire
qu'elle la priait de venir sur-le-champ. Elle se réveillait à peine
d'un court sommeil de quelques heures, lorsque Fabiola entra.
Danaé lui raconta, encore tout émue, son entrevue avec Andronic, et leurs projets de fuite pour le soir même. Elle ajouta
qu'elle était pleine de craintes et de doutes sur l'heureuse issue
de cette entreprise, par la difficulté d'échapper aux officiers de
police que le comte Crispiciole ne manquerait pas de mettre en
campagne, aussitôt après son évasion ; qu'elle aurait beau allé-
guer sa qualité d'esclave de Fabiola, et réclamer la protection du
préteur : quel magistrat serait assez hardi pour se mettre en travers devant les caprices et surtout devant les passions du favori
tout-puissant de l'empereur ? Elle n'avait donc qu'un seul espoir,
l'amitié de sa bonne maîtresse, de sa bonne mère, qui l'avait
déjà sauvée de la mort, et qui la sauverait encore du déshon-
neur, pire que la mort même. Fabiola hocha tristement la tête,
en écoutant ces paroles. Elle garda quelques instants le silence,
absorbée dans une profonde méditation. A la fin, il parut lui venir
une idée qui rasséréna quelque peu son front. — J'ai, à l'autre
extrémité de Rome, dit-elle, derrière les thermes d'Antonin Caracalla, entre la porte Capène et la porte Lavernale, une petite
maison très mystérieuse, où je donne asile à des chrétiens. Je te
cacherai dans cette maison, ma fille, jusqu'à ce que le comte
Crispiciole ait tout-à-fait renoncé à ses recherches, et que tu
puisses retourner dans ton pays. Je vais avertir sur-le-champ les
diacres et les saintes veuves qui l'habitent, et t'y préparer une
retraite, où je te mènerai ce soir. Là-dessus, elle sortit à la hâte;
et la confiance revint dans l'âme de Danaé.

Le primipilaire Andronic avait songé, de son côté, aux préparatifs de la soirée. Il avait fait appeler dans sa tente, sous prétexte
de service, quatre centurions des archers gaulois dont il connaissait le dévoûment et le courage. C'étaient quatre montagnards
cantabres, hommes résolus et terribles, auxquels il s'ouvrit sur
son projet, et qui lui jurèrent de mourir pour lui. Il fut convenu
qu'ils sortiraient du camp, bien armés, à l'entrée de la nuit, et

qu'ils suivrajent Andronic, pour protéger l'enlèvement de sa fiancée.

Il y avait une troisième personne, pour laquelle cette journée était encore plus souriante et plus belle, et qui s'y était préparée avec plus de joie; c'était le comte Crispiciole. Les temps marqués par le vœu de Danaë étaient arrivés; l'obstacle opposé à son ardente passion allait être détruit, et il n'était plus séparé que par quelques heures de ce qu'il considérait comme son bonheur le plus doux et le plus grand. Il avait épuisé les magasins de soierie de la rue de Toscane; il avait recherché tout ce que les marchands orientaux possédaient de belles pierreries; il avait réuni les plus précieuses peintures à l'encaustique des artistes de l'Argilète, et il s'apprêtait à porter toutes ces merveilles chez Danaë, pour faire de son palais un séjour où elle fût aussi splendidement que dans son cœur. Ses esclaves, levés au point du jour, avaient consommé sur son corps leurs cosmétiques les plus rares; dropax, psilotrum, pâte de Venise, flacons de nard, poudres astringentes, huiles ambrées, strigiles d'or, tout y était passé : à midi, on l'avait déjà mis cinq fois au bain, et on lui servit un déjeûner, à la fois léger et substantiel : des bec-figues aux jaunes d'œufs épicés, cuits dans des pelotes de pâte, un phénicoptère rôti, saupoudré de cumin, un pâté de grives, de raisins secs et de noix confites, assaisonné de sariette, et des coings lardés de clous de gérofle, lorsqu'on vit entrer le seigneur Bébrix, qui venait rendre compte de sa mission de la veille.

Sa Sincérité le comte des Écuries marchait fort péniblement, appuyé sur deux esclaves; et il avait autour de la tête autant de bandelettes qu'une laie de deux mois, aux sacrifices des Ambarvalies.

— Par Hercule! s'écria Crispiciole, en éclatant de rire, vous avez donc rencontré Annibal ou l'armée de Porsenna, que vous reveniez plus maltraité que le consul Varron, après la bataille de Cannes?

— Hélas! fit piteusement le seigneur Bébrix, ni Quintus Mutius, qui brûla son poignet sur le réchaud des Toscans, ni Fabius Maximus, qui campa toute une année dans les nuages devant l'armée carthaginoise, n'eurent un sort pareil au mien. J'ai été battu, rossé, égorgé, tué, par un jeune homme blond, on peut dire par une femme, comme les quarante-neuf gendres de Danaüs.

— Et comment cela? continua Crispiciole en riant plus fort.

— Au moment où le beau Cornélius sortait, au point du jour, du palais de Danaë...

— Tu l'as donc laissé entrer, misérable? s'écria Crispiciole, cessant tout à coup de rire, et se levant de fureur.

— Non! non! répondit Bébrix, se reprenant à la hâte de sa

maudite distraction ; mais j'ai la tête et les épaules en un tel état
de délabrement, que je ne sais plus ce que je dis. C'est au moment où il voulait entrer, que je lui ai livré un combat terrible,
dans lequel, par un déploiement subit et inattendu de vigueur
athlétique, dont je sens les effets, sans en comprendre les causes,
il m'a foulé aux pieds, comme je m'apprêtais à le faire de lui. Ni
Votre Excellence, ni moi, ne serons en sûreté, tant que cette
bête féroce ne sera pas enchaînée. Je viens donc vous demander
cinquante soldats aux gardes, et la permission d'aller saisir sur-
le-champ, dans son palais, ce mystérieux Cornélius, aigle déguisé en pigeon, qui roucoule comme l'un, et qui déchire comme
l'autre.

Crispiciole réfléchissait à la proposition de Bébrix, et ne s'en
dissimulait pas la gravité. Faire arrêter sans motif un jeune sénateur aussi recommandable et portant un nom aussi beau que
Cornélius Céthégus, n'était pas une affaire qui se pût étouffer.
Le sénat en informerait certainement. Bébrix ouvrit l'avis de
l'arrêter seulement pour un jour ou deux, jusqu'à ce que Son
Excellence le comte Crispiciole se fût installé auprès de Danaë,
et lui eût fait oublier le galant, par tous les charmes de sa personne. Crispiciole goûta fort la tournure flatteuse que Bébrix
avait donnée à sa proposition ; et comme l'officier de sa chambre
annonçait Son Excellence le consul Publius Cornélius Sécularis,
il eut l'idée de le compromettre un peu dans l'arrestation, afin de
l'avoir pour appui, dans le sénat, en cas d'orage.

— Nous sommes flatté et charmé, dit Crispiciole au consul,
en parlant au pluriel de sa propre personne, comme s'il eût été
l'empereur, de la visite que nous fait Votre Excellence. Vous venez fort à propos en ce moment, car nous avons besoin de votre
intervention dans une chose grave et délicate, où il s'agit d'un
collègue et d'un ami.

Là-dessus, Crispiciole parla fort mystérieusement au consul
d'une affaire ténébreuse, dans laquelle Cornélius Céthégus était
mêlé ; il ajouta que le jeune et violent sénateur s'était porté, la
nuit précédente, à des voies de fait véhémentes et excessives en-
vers un dignitaire élevé, qu'il ne nomma pas ; que Cornélius
avait l'air de couvrir tout cela des apparences d'une intrigue
amoureuse, dont la danseuse du théâtre de Marcellus serait l'objet, mais qu'il avait de bonnes raisons de croire que Cornélius
avait des desseins qui allaient plus haut et plus loin. Il termina
en disant qu'il était forcé de le faire arrêter ; et qu'il priait le
consul de vouloir bien accompagner lui même le comte des Ecuries dans cette entreprise, et de prendre Cornélius dans sa chaise,
pour éviter le scandale, et pour lui pouvoir faire sur sa conduite
une paternelle admonestation.

Crispiciole avait affecté de donner à l'arrestation de Cornélius

Céthégus un caractère politique, et n'avait mentionné qu'acces-
soirement sa passion pour Danaë, de peur que le consul n'eût
quelque répugnance à se prêter à une vengeance personnelle. De
son côté, Publius Cornélius Sécularis, qui savait à quel point
l'amour de Cornélius pour la danseuse était profond, affecta pa-
reillement de prendre les choses du même côté ; mais il riait dans
sa barbe de la mésaventure du nain, se préparant du reste à faire
à Cornélius une fort magistrale exhortation, et ne doutant pas
que, toutes explications données et reçues, le jeune sénateur n'en
fût quitte pour avoir écouté deux heures durant son éloquence
consulaire.

Bébrix et Publius Cornélius Sécularis partirent donc sur-le-
champ, avec une escorte de soldats aux gardes. Ils étaient chacun
dans sa chaise, le consul s'endormant dès les premiers balance-
ments des Maures qui le portaient, Bébrix poussant de temps à
autre de petits gémissements, occasionnés par ses contusions, et
méditant une attaque savante du palais de Cornélius, pour éviter
d'être assommé une seconde fois. Il avait résolu de faire aborder
le redoutable amoureux par le gros consul, de même que les In-
diens chassent les tigres avec des éléphants. Ses élucubrations
stratégiques durèrent jusqu'au coin du Forum et de la voie Sacrée, où était le palais de Cornélius, et où les gardes et les por-
teurs s'arrêtèrent. Bébrix sortit le premier de la litière, pour
aller donner la main au consul : mais il le trouva endormi.

Publius Cornélius Sécularis, réveillé par Bébrix, éprouva, au
moment de monter chez Cornélius, des scrupules de délicatesse
et d'amitié. Il lui sembla qu'il y aurait quelque cruauté à l'aller
arrêter lui-même, et il dit qu'il ne se sentait pas ce courage. Bébrix, mais pour d'autres raisons, se le sentait encore moins que
lui, et fit tout ce qu'il put pour le déterminer ; mais le consul
demeura inébranlable, et termina en lui disant d'aller chercher
Cornélius et de le lui mener dans sa chaise, ajoutant qu'il aurait
bien moins d'empire sur son âme s'il se présentait à lui comme
un licteur, et non comme un ami.

Bébrix, qui était plus particulièrement chargé des ordres de
Crispiciole, fut ainsi obligé de les accomplir sans l'assistance du
consul. Il entra donc, mais précédé et suivi de gardes, l'épée
haute. Cette invasion mit en fuite les esclaves, et Bébrix se dirigea vers la chambre de Cornélius. Le comte des Écuries plaçait
militairement des soldats dans les corridors et à toutes les portes, avec des consignes sévères, et il allait frapper chez Cornélius,
lorsque, en soulevant la portière qui masquait l'entrée, il lui
sembla entendre une chaude querelle. Il écouta.

— Non, Cornélius, s'écriait une voix de femme, vous n'aurez
pas cette cruauté. Non, vous ne serez pas sans pitié pour ce pauvre cœur qui vous aime et qui vous a toujours aimé, croyez-le

bien. C'est mon orgueil qui m'a rendue injuste, c'est mon orgueil qui m'a ôté votre affection, c'est mon orgueil qui m'a perdue, et je vous l'immole aujourd'hui. Voyez, Cornélius; je suis venue à vous, chez vous, malgré mon rang, malgré mon sexe, malgré mon devoir; j'ai tout oublié, pour me punir de vous avoir oublié, et je suis là, pleurante, brisée, à vos pieds, moi, ô Cornélius, que vous avez tant aimée!

— Vous voulez que j'aie pitié de vous, répondait Cornélius d'une voix grave, et pourquoi? Avez-vous eu pitié de moi, vous? J'ai gémi comme vous gémissez, moi qui étais innocent; je me suis banni de mon pays, qui m'était devenu odieux; j'ai passé deux années désespéré, anéanti, sans qu'un rayon de joie ait lui dans les ténèbres de mon âme; et vous, que faisiez-vous alors? Vous couriez aux fêtes, vous recherchiez les flatteries des jeunes patriciens, que sais-je! On dit que le nain Crispiciole, ce bouffon encore sale de son ruisseau, a été votre amant!

— Oh! jamais, disait la femme, jamais, Cornélius! vous ne croyez pas à une pareille calomnie. J'ai été frivole, mais pas infâme. Pardonnez-moi, je vous en conjure; je passerai ma vie à vous aimer. On me dit que je suis belle, cette beauté sera pour toi, ô mon Cornélius; car tu es mien par la pensée, et j'ai été toujours tienne par l'affection.

— Vous ne l'êtes plus, Madame, répondait Cornélius, depuis que vous n'êtes plus la pure et sainte vestale que j'aimais. Par tous les dieux! vous avez un effroyable égoïsme! Le jour où notre affection vous a paru trop lourde à porter, vous l'avez jetée, sans vous demander si je pourrais vivre avec votre abandon; aujourd'hui, il vous prend fantaisie de me rendre votre cœur, et vous voulez impérieusement que je vous rende le mien, sans vous demander si cela est en mon pouvoir, et si une autre femme, qui en est digne, ne l'a pas reçu pour toujours. Ainsi, vous me dites: Il ne me plait pas que tu m'aimes, c'est-à-dire que tu vives, et vous m'ordonnez de vous oublier; puis, vous me dites: Il me plait que tu m'aimes, c'est-à-dire que je vive, et vous m'ordonnez de vous aimer. Par Hercule! Madame, les Césars, qui règnent sur le monde, n'ont que la moitié de votre pouvoir et de vos exigences. Néron envoya dire à Lucain qu'il eût à être mort sous trois heures; mais il ne se fût pas avisé de lui prescrire d'avoir à ressusciter sous trois ans. C'est ce que vous faites. Ne perdez plus ainsi votre temps, Madame. Je ne vous aime pas.

— Ne me parle pas ainsi, Cornélius, reprenait la femme avec désespoir. Je ne veux pas être haïe de toi; je ne veux pas mourir. Oh! que tu as dû être malheureux, si tu as souffert comme je souffre! Tu m'as dit que tu en aimais une autre? Cela n'est pas vrai, au moins, n'est-ce pas, Cornélius? Vous avez voulu m'ef-

frayer et me punir par cette menace. Eh bien! cela me rend trop
à plaindre ; dites-moi maintenant que cela n'est pas vrai.

— Cela est vrai, Madame, reprit Cornélius.

— Ah! c'en est trop, s'écria la femme. Tu n'as pas de cœur.
Faire souffrir ainsi une malheureuse femme qui vous aime, c'est
l'action d'un lâche. Nommez-la-moi, celle que vous aimez. Je
veux savoir son nom. Je la tuerai. Songez-y, Cornélius, il faut
me dire son nom.

— Je ne le puis pas, Madame, dit Cornélius ; c'est une jeune
fille chaste et dévouée, comme vous l'étiez autrefois. Mon affection pour elle est un secret entre les dieux et nous. Et puis, à
quoi vous servirait le nom d'une femme que j'aime, si c'est le
nom d'une femme qui ne m'aime pas?

— Elle ne t'aime pas, Cornélius? s'écria la femme avec transport, elle ne t'aime pas? Tu vois bien alors qu'il faut que tu me
pardonnes. Oh! je t'aimerai, moi, de toute l'ardeur d'une passion
désespérée. Oui, mon Cornélius, souffre que je t'aime. Daigne
permettre que celle pour qui tu avais autrefois des noms si doux,
et que tes vers comparaient aux nymphes des fontaines, pleure
sa faute à tes pieds, avec l'espoir d'être un jour relevée et conso-
lée. Dis, Cornélius, le veux-tu?

— Non, Madame, répliqua Cornélius.

— Tu es donc inflexible, et tu ne me pardonneras jamais? dit
la femme avec une voix altérée.

— Jamais! répondit Cornélius.

— Eh bien! tu as prononcé ta sentence et la mienne, Cornélius, dit la femme. Quand les grandes passions ne mènent pas
aux grandes vertus, elles mènent aux grands crimes. J'avais prévu
ceci. Tu vas mourir avec moi, et de ce poignard...

En ce moment, Bébrix crut la tragédie assez avant poussée,
et il apparut, comme le Dieu antique, pour la dénouer. Il ouvrit
donc subitement la porte, et il arrêta le bras déjà levé de la
femme. C'était Lollia.

— Je remercie Votre Sincérité pour son intention, lui dit Cornélius avec calme. Il n'y a que la vie des gens heureux qui mérite d'être défendue. Du reste, c'est sans doute le hasard qui vous
amène ici?

— Pas tout à fait, répondit Bébrix, qui avait quelque regret
de passer de son rôle de libérateur à son rôle de gendarme. Son
Excellence le comte gouverneur m'a chargé de vous arrêter.

— De m'arrêter? fit Cornélius avec fierté.

— Hélas! oui, soupira sournoisement Bébrix, en se reculant
un peu. Votre palais est entouré de soldats; il y en a dans les
corridors et à l'issue des portes. Il est donc inutile de résister.
Du reste, on vous dira pourquoi. Nous n'avions pas prévu que
Votre Excellence se trouverait en si honorable compagnie, et vous

ne sauriez comprendre à quel point cet incident dérange nos mesures.

— Mais, au moins, dit Cornélius, madame reste étrangère à tout ceci; et elle pourra se retirer dans votre litière?

— Par Castor! se dit rapidement Bébrix en lui-même, j'aimerais mieux dans ma chaise la colombe que le vautour. Mais le consul et Crispiciole, qui est, dit-on, amoureux de la belle, me feraient mettre en croix. Ma foi, arrive que pourra; je vais l'amener au mari. Après cette petite délibération mentale, Bébrix répondit à Cornélius qu'il se chargeait de donner la main à Lollia Paulina jusqu'à une litière qui était devant le palais.

Avant de partir, Lollia jeta sur Cornélius un regard suppliant, dans lequel on lisait une dernière supplication.

— Jamais! dit Cornélius.

Les traits de Lollia se contractèrent d'une manière terrible.

— Partons! dit-elle à Bébrix, en marchant devant lui.

Bébrix fit entrer deux soldats dans la chambre de Cornélius, avec l'ordre de le garder à vue, et il conduisit Lollia dans la litière de son mari, s'en rapportant à la fortune de ce qui surviendrait entre eux. Puis, il revint prendre Cornélius, qui descendit fort docilement, et s'alla placer de lui-même dans la chaise de Bébrix. Le comte des Ecuries ne revenait pas de cette douceur.

— C'est inimaginable, se disait-il, que les caprices de cet homme! Ce matin, c'était Polyphême, et ce soir, c'est un enfant. Il me faisait peur, et il me fait pitié. Cet homme a deux tempéraments contraires; et je serai tombé sur le mauvais.

La conclusion de Bébrix, quelque naturelle qu'il la trouvât, ne le rassura pas entièrement. Ses contusions lui causaient en ce moment une douleur qui lui sembla un présage. Il fit mettre un soldat dans sa litière, à côté de Cornélius, et il fit à pied le chemin des prisons Mamertines.

Lollia Paulina était en proie à un violent désespoir et à une colère terrible, lorsque Bébrix la conduisit à la litière du consul. Le comte des Ecuries s'était hâté de s'éloigner, après lui en avoir fait ouvrir la portière, ne voulant pas se mêler aux orageuses explications qui allaient sans doute s'y passer. Lollia Paulina y entra voilée, l'esprit rempli d'amers regrets et de projets sinistres. C'est à peine si elle remarqua, dans un coin de la litière, un homme renversé sur des coussins, et qui dormait. Cependant, l'idée lui vint que c'était peut-être un soldat placé là pour la garder; un sentiment d'indignation s'empara d'elle, et elle se mit tout d'un coup à considérer cet homme. Elle avait à peine regardé son visage, qu'elle se sentit en proie à d'horribles angoisses; puis, comme il faisait un mouvement, elle poussa un cri étouffé à peine : elle avait reconnu son mari.

Le vénérable consul était endormi dans sa litière, lorsque sa femme vint s'y asseoir à ses côtés. L'ébranlement qu'occasionnèrent les quatre Maures, en la soulevant, interrompit sa léthargie, et le cri poussé par Lollia Paulina lui parut être une lamentation de Cornélius, qu'il attendait. Il resta renversé sur ses coussins de pourpre, à moitié assoupi, et il adressa, les yeux fermés, à sa femme, qu'il prenait pour Cornélius Céthégus, la harangue éminemment morale qu'il avait préparée.

— Vous me voyez affligé, Cornélius, lui dit-il, de la violence qui vous est faite. Soyez convaincu que le sénat tout entier souffre en votre personne, et que les priviléges du corps ne seront pas sacrifiés. Vous avez le droit d'être jugé par l'empereur, comme revêtu de la dignité des illustres, et vous savez aussi que, s'il ne vous plaît pas de paraître vous-même devant le tribunal, vous pouvez vous y faire représenter par procureur. Du reste, soyez sans crainte, vos amis agiront. Le crime n'est pas prouvé.

Le consul s'arrêta, après cette exorde insinuatif, pour juger de l'effet qu'il avait produit sur Cornélius. Le silence qui accueillit ses paroles lui parut d'un excellent augure : il continua.

— Par Castor! je suis charmé que vous preniez les choses avec ce calme. On voit bien que les leçons de philosophie stoïcienne, que vous êtes allé chercher en Grèce, vous ont sérieusement profité. Il est fâcheux seulement que vous ne soyez pas toujours de même ; car on dit que vous êtes un brave, et que cette nuit, dans une course amoureuse, vous avez cruellement maltraité ce pauvre Bébrix. Vous avez donc une passion bien enragée pour cette femme ?

Lollia Paulina, à ce commencement de révélation inattendue, devint toute tremblante, et ne put pas retenir un profond soupir. Le consul l'entendit, et reprit son discours.

— Certainement, la belle est charmante, et mérite votre adoration. Je serai franc ; ma femme elle-même, malgré sa réputation de beauté, n'a pas sa grâce incomparable ; mais enfin, après tout, mon cher, quelque bonne et compatissante qu'elle soit pour vous, Danaë ne vous aime pas !

— Danaë! fit Lollia, d'une voix étouffée, en apprenant le nom de sa rivale.

— Par Hercule! voilà comme vous êtes. Vous n'avez que ce nom à la bouche. Danaë! Danaë! Ce n'est pas le moyen de l'oublier et de devenir sage. Il me semble qu'à votre place je me serais fait une raison. Elle ne peut pas être votre maîtresse, puisqu'elle a la manie de la chasteté, et qu'elle est folle de son archer. Et puis, Cornélius, vous ne l'épouserez probablement pas ; vous êtes d'une maison où l'on n'a pas coutume de s'allier à des danseuses.

— Une danseuse! répéta tout bas Lollia ; quelle honte!

— Par tous les dieux! une petite bergère, si vous l'aimez

mieux, une danseuse ! cela m'est égal, reprit le consul, quoiqu'on doive reconnaître que jamais encore les bateleurs du théâtre de Marcellus n'avaient possédé un pareil miracle. A propos,
que vous a-t-elle dit, quand vous lui avez donné la main pour
descendre l'escalier de son palais ?

— Oh ! je la tuerai ! dit Lollia d'une voix suffoquée.

— Non pas, s'il vous plaît, répondit le consul. Il ne manquerait
plus que cela pour arranger votre affaire. Mon cher, il faut que
vous vous teniez tranquille, ou je ne m'en mêle plus. Au fait, je
ne vous comprends pas. Cette femme vous a rendu féroce. Il y
a tant de femmes de sénateurs qui seraient charmées de vous
consoler ! Mais non ; vous vous acharnez après celle-là ! Écoutez,
Cornélius ! il faut que vous me promettiez de renoncer à Danaë,
et de ne plus aller vous planter en extase devant elle, au palais
de Crispiciole, dans la voie Flaminienne. Vous verrez qu'alors
le comte gouverneur s'apaisera. Je le soupçonne fort d'être moins
jaloux de la sûreté de l'État que de sa danseuse ; et puis, ajouta
le consul d'une voix faible et lente, la vertu, Cornélius, est une
belle chose ; et les dieux... qui aiment la vertu... protégent toujours...

Le consul se rendormit tout à fait au plus moral de son exhortation. En ce moment les Maures qui portaient sa litière s'arrê-
taient sous le portique de son palais. Lollia Paulina ouvrit doucement la portière, et sortit précipitamment. Sa fuite imprima
à la chaise une secousse qui réveilla tout à fait le consul.

—Cornélius ! où est Cornélius ? s'écria-t-il en se frottant les
yeux, et en voyant sa litière vide.

— Il est aux prisons Mamertines, répondit Bébrix, qui arrivait
en ce moment.

— Ah ! dit le consul, je lui ai fait au moins une belle exhortation, et je l'ai trouvé fort raisonnable. Il faut que j'aille en informer le comte Crispiciole.

Allons ! drôles, fit-il, en parlant à ses valets, au palais de
l'empereur ! et tâchez d'aller plus doucement. Il est cruel de ne
pouvoir pas fermer l'œil dans sa chaise.

VII.

Le Semeur et le Moissonneur font deux.

Lorsque le comte Crispiciole fut délivré de l'appréhension que
lui causait Cornélius, il se dirigea vers le palais de Danaë, dans
une grande litière, portée par huit Maures et suivie d'un grand
cortége de serviteurs. Il avait, comme tous les seigneurs romains,
d'innombrables esclaves, exerçant plusieurs métiers ou plusieurs

arts, des charpentiers, des menuisiers, des tapissiers, des fourbisseurs, des médecins, des cuisiniers, des poètes, des danseurs, des grammairiens, des peintres, des histrions. Il les avait émancipés, selon l'usage, moyennant une certaine redevance annuelle, payée partie en argent, partie en journées, selon les professions. Le peintre devait des tableaux, le fourbisseur des épées, le médecin des visites. Et, comme cette redevance était le prix du rachat des esclaves, le maître pouvait en disposer en faveur de qui il voulait, s'il ne jugeait pas à propos d'en faire usage lui-même. C'est ainsi qu'il avait transféré à Danaë les visites de son affranchi médecin le plus habile. Le jour dont nous parlons, il avait requis, pour l'accompagner au palais de la voie Flaminienne, ses affranchis peintres, tapissiers et décorateurs, et il traînait après lui, sur quatre mules, les soieries, les bijoux et les tableaux dont il voulait faire le cadeau de sa bienvenue.

Jamais encore on ne l'avait vu si beau que ce jour-là. Sa perruque était d'un blond fort tendre, raffinement qui faisait grand honneur à son goût, car il n'y avait que les femmes qui en portassent de cette nuance. Il avait soin de ne jamais gratter sa tête qu'avec un seul doigt, ainsi qu'il convenait à un élégant. Sa robe, de soie rose et blanche, laissait voir des brodequins brodés de perles. Il tenait à sa main gauche, à cause de la chaleur, un bonnet phrygien en drap d'or, surmonté de trois plumes de cygne, attachées avec une agrafe d'émeraudes; et il s'appuyait sur une canne élégante, à pomme d'argent sculptée, comme la reine Hécube dans le poète Euripide.

Son arrivée jeta la terreur dans l'âme de Danaë. Elle ne l'attendait pas de sitôt, et Andronic ne devait la délivrer qu'à l'entrée de la nuit. Fabiola, qui était déjà revenue, se tenait à ses côtés, et ne la quittait pas. Heureusement, le comte Crispiciole, après les premiers compliments, voulut étaler la splendeur des présents qu'il faisait à Danaë. Cette exhibition fut très longue. Il montra d'abord les bijoux, puis les soieries, puis les peintures. Il parcourut en détail les appartements du palais, et les trouva indignes d'une femme honorée de son affection. L'idée lui vint d'essayer immédiatement l'effet des soieries et des tableaux, et il s'excusa, auprès de Danaë, de déranger pendant quelques instants la symétrie de sa demeure. Danaë se hâta de dire qu'il fût fait selon les désirs de Son Excellence. C'était du temps de gagné. Il appela donc les affranchis décorateurs, et ceux-ci déclouèrent au plus tôt les tentures et les tableaux. Ce ne furent, pendant quelque temps, qu'admirables étoffes éblouissant les yeux, et que coups de marteaux assourdissant les oreilles. Quand les tentures furent posées, vint le tour des tableaux. C'étaient des peintures par ce procédé à l'encaustique, familier aux anciens, dont peuvent donner une idée les dessins des catacombes, du recueil de Bosio, et la célèbre peinture dite *la Vigne Aldo-brandini*.

Crispiciole fit placer sous la statue de Bacchus sa peinture la plus précieuse. C'était un petit tableau d'Appelles, représentant Vénus Anadyomène, qui avait été consacré autrefois par Auguste, dans le temple de César. Le bas en était altéré; et, comme personne n'avait jamais osé y toucher, Néron l'avait fait remplacer par une copie peinte par Dorothée. A droite, il mit un superbe tableau d'Arellius, représentant une courtisane; et, à gauche, une Médée, de Timomaque, de Bysance, que César avait payée autrefois quarante talents. Puis il plaça, aux meilleurs endroits, plusieurs miniatures de la belle et illustre Lala, de Cyzicène, qui avait fait, du temps de Varron, les portraits des grandes dames romaines, les uns sur bois, au pinceau, les autres sur ivoire, au burin.

Lorsque les tentures et les tableaux furent à leur place, le comte Crispiciole fit allumer les bougies. L'effet de la chambre de Danaë, ainsi décorée, était magnifique. Le fond écarlate des tentures éblouissait les yeux, et les lames d'or et d'argent qui couvraient les meubles scintillaient sous l'éclat des bougies. Il y avait surtout un lit de repos, revêtu d'écaille et garni de pourpre, qui était merveilleux d'élégance. Le comte y conduisit Danaë par la main, et s'y assit près d'elle, en faisant signe de la main à tout le monde de sortir. Danaë retint Fabiola d'un coup d'œil; et, comme le comte paraissait surpris et irrité de la voir auprès d'elle, Danaë lui dit, avec simplicité et avec dignité, qu'elle avait l'habitude de son amitié et de sa compagnie, et qu'elle espérait que Son Excellence ne voudrait pas signaler son arrivée au palais par une séparation qui serait un chagrin. Crispiciole gratta le haut de sa perruque avec l'annulaire de sa main gauche, et fit tout ce qu'il put pour dissimuler l'horrible contrariété qu'il éprouvait.

Son Excellence se rejeta sur les mains de Danaë, qui lui parurent mignonnes et charmantes. Le comte voulut les porter à ses lèvres, mais Danaë les retira. Alors il prit prétexte des habits de bergère dont Danaë s'était revêtue, pour examiner la coupe de sa brassière de drap bleu, qui dégageait les épaules et qui dessinait la taille. Danaë se recula doucement. Le comte était à bout. Il vit, d'un coup d'œil, qu'entre cette femme et lui, si rapprochés pourtant l'un de l'autre, il y avait un abîme, que peut-être il ne franchirait jamais.

— Savez-vous une chose, lui dit-il d'un ton encore calme, c'est que je suis le maître à Rome?

— J'en sais deux, lui répondit Danaë, sur le même ton, c'est que vous êtes le maître de l'empire, mais que vous ne serez pas le mien.

— Pourquoi cela? demanda Crispiciole avec surprise.

— Parce que vous voulez avoir mon amour, ou au moins mon corps, et que vous n'aurez ni l'un ni l'autre. — Tenez, ajouta Danaë, au moment où le comte se levait de colère, ne vous emportez pas. Cela serait inutile. Je vais vous expliquer. Mon amour est donné depuis longtemps, et pour toujours.

— A Cornélius Céthégus, fit Crispiciole; je le sais.

— Non, reprit Danaë, ce n'est pas le noble Cornélius que j'aime; il me pardonne, parce qu'il sait que mon cœur n'était plus libre quand je l'ai vu. Je vous ai dit que j'avais fait un vœu qui m'obligeait à rester trois mois seule : j'attendais l'ami de mon enfance, celui auquel appartient ma vie, le fiancé que mon père m'avait donné. Il est venu ; mon vœu est accompli. Vous m'avez mise dans ce palais, malgré mes prières et malgré mes larmes : vous m'avez entourée de merveilles dont je n'ai pas besoin et que je dédaigne, moi, simple bergère, accoutumée aux merveilles plus grandes encore de la nature et des dieux ; reprenez toutes ces choses. Je n'appartiens qu'à celui que j'aime ; et, je vous l'ai dit, je ne vous aime pas.

— Par Jupiter ! s'écria Crispiciole en fureur, nous allons voir ! En disant cela, le nain s'approcha d'elle, et lui saisit le bras avec ses mains osseuses.

— De la violence ! Sauvez-moi, Fabiola, dit Danaë en pleurant, je suis perdue ! Fabiola prit Danaë dans ses bras, et fit tous ses efforts pour la dégager.

— Holà ! mes esclaves, cria le comte d'une voix forte, saisissez cette vieille femme. Par Hercule ! ajouta-t-il, Thésée, qui était un demi-dieu, daigna combattre les Amazones au Thermodon ; mais l'histoire ne dit pas qu'elles fussent vieilles et laides. Faites-moi passer par la fenêtre cette Penthésilée de soixante ans.

Il y eut alors une grande confusion et de grands cris dans la chambre de Danaë. Les deux pauvres femmes, qui se tenaient étroitement embrassées, étaient meurtries par les esclaves, qui essayaient de les séparer. Quoique leur résistance fût désespérée, peu à peu cependant les esclaves firent lâcher prise à leurs mains ; et déjà elles-mêmes, comprenant bien que toute lutte était inutile, ne se défendaient plus que par leurs larmes et par leurs gémissements.

— Qu'est ceci, par tous les dieux ! cria tout à coup, du côté de la porte, une voix tonnante.

Danaë tomba à genoux, en s'écriant : Je suis sauvée ! Elle avait reconnu Andronic.

Crispiciole et les esclaves se retournèrent vivement, et ils virent, debout à l'entrée, et d'une main soulevant la portière, un soldat de haute stature, qui les regardait. Quand le soldat eut compris, au milieu de ce tumulte, qu'il y avait là deux femmes, presque terrassées, qui suppliaient et qui pleuraient, et que ces deux femmes étaient Danaë et Fabiola, il saisit vigoureuse-ment une haute chaise sculptée; et, en moins de temps qu'il n'en faut à un vent d'orage pour disperser quelques fétus, il frappa, renversa, culbuta, balaya ce tas énorme de valetaille bigarrée, qui se précipita pêle-mêle, en hurlant, et d'étage en étage, par les marches de l'escalier. Quand il ne resta plus dans la chambre que les deux femmes, encore par terre, et le nain, stupéfié dans un coin, Andronic laissa tomber ce qui restait de la chaise, et se précipita vers Danaë. La malheureuse enfant se jeta à son cou, tout éplorée, en lui disant : Merci, ô mon Andronic; tu viens de sauver ta fiancée des lâches brutalités du comte Crispiciole. Je t'ai bien attendu et bien imploré! Andronic la rassura et la con-sola. Elle s'assit, encore toute tremblante, et Fabiola répara, du mieux qu'elle put, le désordre que la lutte avait mis dans sa toi-lette.

— Quel est ce chat-huant empanaché? fit tout à coup Andro-nic, en montrant le nain, qui était à peine remis de sa surprise.

— Tout l'empire romain me nomme Son Excellence le comte Crispiciole, répondit le nain avec dignité.

— Ah! c'est vous qui êtes le comte Crispiciole! reprit Andro-nic. Par Hercule! je suis charmé de voir le visage de celui qui a voulu m'assassiner ce matin, par procuration.

— Moi, vous assassiner? dit Crispiciole; l'aigle ne prend pas des mouches, mon petit soldat; vous rêvez.

— Soit, fit Andronic; mais il y a quelqu'un qui doit rêver fort mal à son aise, s'il rêve aussi; c'est l'honnête spadassin qui ve-nait pour me tuer de votre part, et que j'ai roué de coups dans la rue, comme je sortais ce matin, au lever de l'aurore, de la chambre de Danaë.

— Comment! s'écria Crispiciole, pour qui ces paroles étaient un trait de lumière, vous êtes sorti, au lever de l'aurore, de la chambre de Danaë?

— Apparemment, répondit Andronic, puisque j'y étais entré la veille au soir, et que vous ne m'y avez pas touvé ce matin.

— Sais-tu bien que je te ferai mettre en croix, dans le cirque, avec l'infâme qui t'a laissé pénétrer ici? s'écria Crispiciole.

— Vraiment! reprit Andronic en éclatant de rire. Mais sais-tu bien toi-même, mon petit aiglon, qui ne prends pas des mouches, que je vais te faire voler par la fenêtre, à moins que je ne t'em-porte dans ma poche, pour te faire promener et montrer dans les rues, aux prochaines saturnales, par les valets du camp!

— A moi, tous mes esclaves! s'écria Crispiciole.

— Écoute, mon petit chien frisé de Laconie, lui dit Andronic; il est bon de t'apprendre, pour calmer ton ardeur martiale, que j'ai laissé à la porte quatre centurions cantabres qui empêcheront qui que ce soit d'entrer ou de sortir, qui monteront si je les appelle, et qui démoliront ton palais en un quart d'heure. Quant à tes esclaves, je les crois peu disposés à user le dernier montant qui reste encore de ta chaise. Et d'ailleurs il y en a de neuves. C'est donc un compte à régler entre nous deux, et voici ton lot. Tu as voulu me faire assassiner : ce n'est pas ta faute si je ne suis pas mort ; je vais donc te tuer. Je ne suis pas assez riche, moi, pour payer des sénateurs ; je vais faire moi-même la besogne, et je m'en acquitterai mieux que tes tueurs, qui vont attendre leur homme avec des éventails. Si tu veux faire ton testament à la manière des soldats, serre ta ceinture, voilà deux témoins, et dépêche-toi.

Andronic, en disant ces mots portait la main à son épée. Danaë et Fabiola se précipitèrent sur son bras, en criant : Grâce ! grâce !

— Vous croyez ? reprit Andronic. Eh bien ! je lui pardonne ce qu'il a voulu faire contre moi ; mais je ne lui pardonnerai pas ce qu'il a voulu faire contre vous. Voyons comment ce hibou descend d'un troisième étage.

Il prit alors le nain d'une main vigoureuse et il s'avança vers la fenêtre, en le tenant en l'air. Il avait déjà écarté le lourd rideau de pourpre, et il touchait au volet, lorsque les deux femmes le conjurèrent de nouveau, et le retinrent encore. Il resta un moment dans la même position, comme un homme qui réfléchit ; puis il s'écria : Par Hercule ! l'idée est joyeuse. Bouffon, tu vas me dire si tu en as jamais trouvé une pareille pour égayer l'empereur.

Aussitôt, et sans lâcher l'infortuné Crispiciole, il alla prendre un marteau et des clous, que les décorateurs avaient laissés sur une table ; il revint ensuite vers la fenêtre ; et, après avoir appliqué le nain contre un volet, il l'y cloua avec quatre clous, par ses habits, comme font les paysans d'une chouette.

— Je devrais t'y clouer par le front, lui dit-il ; mais je veux que tu dises ton avis au palais sur cette aventure. Lorsque Crispiciole fut solidement attaché, Andronic lui posa son bonnet phrygien sur la tête. Puis il ouvrit le volet en dehors, et le fixa contre la muraille.

— Bon soir, seigneur comte, fit-il en le saluant ; je ne manquerai pas, demain matin, de faire demander comment a passé la nuit Votre Excellence.

Tout cela fut imaginé, résolu et fait en quelques minutes. La mine du pauvre nain avait été si piteuse, que Danaë et Fabiola, qui l'avaient deux fois sauvé de la mort, ne purent pas s'empêcher de rire, en le considérant dans sa burlesque posture. Andronic les précéda immédiatement toutes deux, jusqu'au bas de l'escalier. Les esclaves du comte, qui y étaient attroupés, s'en-

fuirent épouvantés, à son aspect, et allèrent s'entasser dans une
grande salle basse. Andronic les y suivit, les y enferma à double
tour, et emporta la clé. Il prit, à la porte, ses quatre fidèles Cantabres, qui l'attendaient l'épée à la main ; ils levèrent tous la tête
en partant, pour considérer Crispiciole, qui avait l'air, au troisième étage, d'un manteau qu'on a mis sécher ; puis ils tournèrent à gauche, par le coin du palais, et ils se dirigèrent, en
silence, dans l'obscurité, vers la porte Quirinale.

IX.

Les grandeurs humaines vues d'un troisième étage.

La petite caravane avait beaucoup de chemin à faire pour
arriver au quartier de la porte Capène, où Fabiola conduisait
Danaë. La précaution qu'avait prise Andronic d'enfermer sous
clé les esclaves de Crispiciole, était une mesure très importante,
en ce qu'elle empêchait qui que ce fût, de la maison du comte,
de s'attacher à leurs pas et de signaler le lieu de leur retraite.
Fabiola marchait en tête, femme forte et dévouée, qui avait toujours songé à gagner une âme à Dieu, en conservant une fiancée
à son époux. Andronic se tenait à côté de Danaë, pour la guider
dans les lieux obscurs, et lui donner la main aux passages diffi-
ciles. Ils arrivèrent ainsi rapidement à la muraille de Servius
Tullius, qu'ils franchirent par la porte Quirinale. Ils tournèrent
alors à gauche, vers le quartier du Sentier-Haut, pour éviter les
lieux trop fréquentés. Un peu avant d'arriver aux thermes de
Dioclétien, ils prirent tout à coup à droite, passèrent successivement au pied du mont Viminal et au pied du mont Esquilin, et
parvinrent, sans accident, à la basilique de Sicinius, près de
l'endroit où est aujourd'hui l'église de Sainte-Marie-Majeure.
Une patrouille de garde urbaine, qui descendait de la porte Col-
latine à l'arc de Gallien, les força de prendre un peu plus à
droite, vers les jardins de Mécène. Ils passèrent avec beaucoup
de précaution à l'extrémité du quartier d'Isis et de Sérapis, où
était la caserne des soldats de marine de la flotte de Misène,
dans la voie Labicana, et ils se dirigèrent, par le versant orien-
tal du mont Cœlius, vers la porte Férentine. Cette porte, ainsi
que la porte Quirinale, que nous avons déjà traversée, se trouvait alors enfermée dans l'intérieur de la ville, comme le sont, à
Paris, la porte Saint-Denis et la porte Saint-Martin. Il n'y avait
donc ni herse, ni corps-de-garde. Ils se dirigèrent de là vers la
colline de Mars-Hors-des-Murs, et, après avoir traversé la voie
Appia, en rentrant par la porte Capène, ils s'arrêtèrent enfin

devant une maison de modeste apparence, dans cet angle que faisait le mur d'enceinte, vers le tombeau des Scipion.

Il pouvait être près de minuit, et la rue était obscure et déserte. Comme la maison n'avait pas d'esclave portier, on remarquait, le long du montant de droite, un maillet de bois, suspendu avec une ficelle. Fabiola prit le maillet, en frappa trois coups d'une certaine manière, et, au bout de quelques instants, la porte s'ouvrit.

— Il ne manque personne, ce soir? demanda Fabiola à la femme qui avait ouvert la porte.

— Non, ma sœur, répondit celle-ci.

Alors, le petit cortége entra mystérieusement, et la porte se referma.

Maintenant que nous avons mis Danaë en lieu de sûreté, le lecteur nous approuvera sans doute de revenir à l'infortuné Crispiciole, que nous avons laissé dans une de ces positions affreuses, où les tortures les plus cruelles n'excitent aucune sympathie, parce que le ridicule tue la pitié. Son Excellence est toujours clouée à un volet du troisième étage, dans la voie Flaminienne; et si le doyen du collége des Augures voulait tirer parti de sa merveilleuse situation, nul ne pourrait mieux que lui, au lever du soleil, observer le vol des oiseaux qui passeront sur le mont Vatican.

Lorsque le comte fut revenu de la stupeur profonde où l'avait jeté la vengeance insolemment clémente d'Andronic; lorsque le bruit de ce fatal marteau, qui clouait moins ses habits que son cœur, eut cessé de retentir à son oreille, il se mit à crier pour appeler ses esclaves. Personne ne vint. Comme il ne savait pas qu'Andronic les avait tous enfermés dans une salle basse, et que l'entablement du portique, qui faisait saillie sur la rue, lui avait dérobé la fuite de Danaë, il lui passa dans l'esprit une idée horrible. Il était hors d'état de concevoir qu'une jeune fille, belle comme Danaö, adorée, comme elle devait l'être, de celui qu'elle avait choisi et aimé, se fût conservée chaste et pure. Naturellement peu fait pour plaire, il avait toujours beaucoup moins courtisé que marchandé, et il ne connaissait des femmes que leur prix. Le dévoûment, l'affection, le lien des âmes, lui paraissaient autant de sentiments fabuleux, qui n'avaient jamais existé dans le commerce des hommes, et qui devaient se trouver tout au plus parmi les habitants de cette terre Atlantique, située par-delà les mers, en face des colonnes d'Hercule, dont le poëte Sénèque avait parlé. A ses yeux, Danaë n'était donc que la maîtresse de ce terrible soldat, qui avait bossué le crâne de Bébrix, et qui l'avait lui-même cloué comme une chauve-souris à un volet de son palais. Or, il s'imagina que Danaë, cette créature charmante, qui avait illuminé pendant trois mois

les ténèbres de ses songes; la première femme qu'il eût aimée,
la seule qu'il eût respectée; celle qui lui avait fait comprendre,
entre toutes, que l'or ne payait pas l'affection; une révélation
mortelle de la beauté divine, qui l'avait fait réfléchir et pleurer,
en secret, sur la malédiction de sa difformité native; et pour
laquelle il avait trouvé, au fond de son cœur, des émotions
douces et des élans qu'il n'y savait pas; — il s'imagina qu'elle
était là, tout près de lui, chez lui, avec son amant, roi de tant
de grâce, de tant d'abandon, de tant de tendresse; et que c'était
lui-même, avec ses soieries, ses tableaux, son empressement
passionné et stupide, qui avait dressé le pavillon splendide sous
lequel s'abritaient leurs amours!

Oh! qui pourrait dire l'angoisse affreuse qui serra la poitrine
de ce misérable, lorsque la jalousie, la jalousie ridicule, la jalousie de la laideur contre la beauté, du gnome contre le sylphe,
de l'homme méprisé contre l'homme adoré, vint mordre et te-
nailler son âme! Un oiseau de nuit fit bruire en ce moment ses
ailes sur sa tête, et alla se poser, dans le jardin du palais, sur la
pointe d'un mélèze, en poussant ce long cri, à demi articulé,
qui ressemble au ricanement d'une voix humaine. Crispiciole
crut que c'était le frôlement des draperies de la chambre, et que
Danaë et son amant poussaient des éclats de rire, après être
venus voir, entre deux baisers, s'il était encore à la même place.
Ce cauchemar l'étouffait. Il rassembla, dans un dernier effort,
toute sa voix et toute sa colère; et, comme s'il n'avait pas été
suspendu au troisième étage, comme s'il n'avait pas dû, en
tombant, se briser les membres sur le pavé, il donna une secousse désespérée, en criant : Ici, mes esclaves! Personne ne
répondit non plus cette fois. Le mouvement qu'il avait fait n'eut
d'autre résultat que de déchirer un peu ses habits; son bonnet
phrygien lui tomba sur les yeux, et lui déroba, en couvrant son
visage, les premières lueurs de l'aurore, qui dessinaient dans le
lointain les formes encore douteuses du môle d'Adrien et du
mausolée d'Auguste.

On entendait en ce moment un bruit de roues, et des voix
d'hommes conduisant des chariots, qui s'avançaient par la voie
Flaminienne, du côté de la campagne. C'étaient les jardiniers
de Tibur et de la vallée de l'Allia, qui se rendaient, par la voie
Flaminienne, au marché aux légumes, situé derrière la roche
Tarpéienne, vis-à-vis l'extrémité méridionale de l'île du Tibre.
Peu à peu ce bruit augmenta, et ce fut bientôt à ne plus compter
les chariots et les ânes chargés de provisions, qui passaient devant le palais de Crispiciole, conduits par des femmes de Fidène,
de Crustumérium et d'Ameriola, ou par des paysans èques, fa-
lisques et capénates, qui portaient de longs cheveux enfermés,
en manière de catogan, dans un filet ou dans une vessie. Des

chasseurs du mont Soracte, qui avaient descendu la vallée du
Tibre, et des porchers Sabins, qui étaient partis de Cures ou des
sources de Blandusie, après avoir suivi la voie Salaria et la voie
Nomentana, s'étaient réunis au pied du mont Sacré, et se diri-
géaient ensemble vers le quartier de la Grande-Rue, où était le
marché aux porcs, ou vers le Vélabre, où était le marché aux
bœufs.

Un bouvier d'Albula, qui montrait à un de ses compagnons
le groupe des Pléiades, à moitié caché derrière l'Aventin, aper-
çut, en se retournant, l'infortuné Crispiciole, piteusement cloué
à son volet.

— Ohé ! cria-t-il, voilà de bons coups de fouet pour l'esclave
qui a oublié de décrocher ce linge, hier soir, et qui l'a fait
sécher à la rosée.

— Ne vois-tu donc pas, reprirent les autres, que c'est un
manteau de pourpre fraîchement teint, qu'on aura mis à l'air
pour affaiblir son odeur ?

— Par Pollux ! dit un troisième, je n'avais jamais vu des manteaux qui eussent des jambes et des bras. Je veux donner mes
marcassins du mont Lucrétile pour des lapereaux, s'il n'y a pas
un homme dans ces langes !

— Un homme d une coudée ! s'écria la bande en éclatant de
rire ; c'est plutôt un singe de Taprobane qu'on aura fait coucher
au clair de lune, pour le punir d'avoir mangé quelque pâté de
loirs, assaisonné de miel et de pavots.

— Par Bacchus ! dit le bouvier, il est empanaché comme un
hastaire ou comme un flamine. Voyez donc ces trois plumes de
cygne qu'il porte à son piléus ! Ohé ! la marchande de poules du
Camp d'Annibal, passez moi quelques œufs de votre panier ; que
j'apprenne à cette bête insolente qu'il n'y a que l'empereur et les
consuls qui aient le droit de porter la trabée avec des palmes.

Là-dessus, le bouvier d'Albula, rempli pour l'étiquette romaine d'un aussi saint amour que l'empereur Auguste, lorsqu'il
rendit un édit pour défendre aux citoyens romains de paraître
dans un spectacle avec un autre vêtement que la toge, prit deux
œufs de paon dans le panier de la marchande et les lança vigoureusement contre le malheureux Crispiciole. Les deux projectiles
l'atteignirent au beau milieu de la poitrine, juste à l'endroit où
le sternum était le plus en rebellion ouverte contre la ligne droite,
et le diaprèrent d'une belle peinture jaune, qui changea sa pourpre en drap d'or. Le nain fit un soubresaut violent, en poussant
un cri de rage ; et les paysans, qui formaient, avec leurs ânes et
leurs charrettes, un attroupement immense, y répondirent par
un cri olympien. Le reste des œufs de paon volait déjà contre le
nain, avec une adresse désastreuse, lorsqu'un grave personnage

survint par hasard et apaisa l'émeute, comme le *virum quem* de
Virgile.

L'empereur Gallien était l'un des hommes les plus fantasques
et les plus spirituels de Rome. Il était occupé en ce moment d'une
grande maison, avec tous ses compartiments, et entièrement formée de roses, qu'il avait fait construire dans les jardins du Palais, et il méditait le plan d'un château magnifique, avec un portique et une tour, qui serait bâti, du haut jusqu'en bas, avec des
pommes, des poires et des oranges. Il avait fait trêve un instant
à ces graves occupations, pour marier les enfants de ses frères.
Ami des poètes et poète lui-même, il avait fait publier, par son
ordre, dans l'empire, qu'il y aurait un grand concours ouvert
entre cent poètes grecs et latins, pour composer les épithalames
de ses neveux. Il avait donc commencé, dans le genre de Catulle,
une fort belle et fort élégante élégie, dont on peut lire trois vers
dans son historiographe, Trébellius Pollion ; et il désirait la montrer à Crispiciole, qui avait conservé de son ancienne profession
de bateleur un goût très prononcé pour les arts et pour la poésie.

Gallien envoya donc l'officier de sa chambre chercher le nain
favori, qui logeait dans une aile du Palais. Ses esclaves répondirent qu'il avait dû souper et passer la nuit dans ses jardins de
la voie Flaminienne, et que Son Excellence n'était pas rentrée.
Cette réponse rapportée à l'empereur irrita fort son impatience
de poète ; il fit dire qu'il payait ses fous assez cher pour qu'il
fût amusé quand il avait envie de l'être. Bébrix, qui se trouvait
chez Crispiciole, voulut conjurer l'orage qui s'amassait sur la
tête de son protecteur ; il offrit d'aller trouver le nain à son palais et de le ramener à l'instant même.

Bébrix partit aussitôt. — C'est tout simple, dit-il, il se sera endormi, comme Annibal, dans les délices de Capoue. C'est un beau
sort, par Hercule ! que d'être favori. Pour que Crispiciole comprenne son bonheur, il faudrait qu'il le perde. Quel malheur,
ajoutait-il, que les empereurs aient le goût des bossus ! Par Jupiter ! si la mode des beaux hommes vient jamais, et il faut espérer
qu'elle viendra, je ne peux pas manquer d'être le favori de quelque puissant empereur.

Le comte des Écuries fut conduit par ces réflexions jusqu'au
palais de Danaë. L'encombrement causé par les ânes et par les
charrettes lui fit remarquer l'espèce d'émeute qu'il y avait sous
les fenêtres. En suivant la direction des projectiles qui partaient
d'un groupe, il fut frappé par la vue d'un riche manteau de
pourpre et d'un piléus en drap d'or accrochés au volet du troisième étage.

— Par Castor ! se dit-il, voilà qui ressemble furieusement à la
défroque du seigneur Crispiciole. Quelle idée peut-il avoir eue
la faire clouer ainsi sur la façade de son palais ? Serait-ce pour

remplacer son nom, qu'il a oublié d'y faire inscrire, ainsi que le font tous les nobles Romains ?

— Holà ! coquins, cria-t-il aux paysans, que voulez-vous à ce manteau ? Si Son Excellence le comte Crispiciole aime à porter des vêtements frais, cela n'est pas votre affaire. — C'est un singe qui a été attaché là, dites-vous ? Apprenez, manants, que le singe est un animal charmant, pour ceux qui l'aiment. Néron en avait un, auquel il avait donné un palais à Rome et une villa à la campagne. On voit donc des singes à la cour des empereurs, et l'on n'y voit ni des bœufs ni des mules. On y a vu un cheval, du temps de Caligula ; mais le fait ne s'est pas renouvelé.

La harangue de Bébrix, qui ne sortait jamais qu'en costume de patricien, fit cesser les éclats de rire des paysans. Crispiciole l'entendit. Il poussa un dernier cri de toute sa poitrine, en donnant une secousse qui fit lâcher prise à trois clous, et qui précipita dans la rue le piléus en drap d'or qui lui couvrait le visage.

— Par Jupiter ! c'est Son Excellence le comte Crispiciole en personne, s'écria Bébrix. Est-ce qu'il va vouloir imiter Icare maintenant ? Il n'a donc pas lu le poète Ovidius Naso ?

Lorsque Bébrix eut prononcé le nom du comte Crispiciole, ce nom redoutable, qui remplissait Rome et l'Italie, tous les paysans prirent la fuite épouvantés, battant leurs ânes, aiguillonnant les bœufs pesants du Clitumne. Ils voyaient déjà poindre à l'horizon les gibets auxquels les ferait attacher le nain, et ils entendaient dans leur imagination les glapissements des hyènes d'Abyssinie, qui les dévoreraient dans le Cirque. Crispiciole et Bébrix restèrent donc seuls, l'un se balançant autour du dernier clou qui le retenait par sa laticlave ; l'autre ébahi, et ne comprenant pas qu'on passât son temps à grimper sur les maisons, quand on pouvait y être dedans avec la plus belle danseuse du monde.

— Viens me détacher, misérable ! lui cria le comte Crispiciole.

Ceci fit soupçonner à Bébrix qu'il y avait quelque tragédie là-dessous, et que ce devait être tout autre chose qu'un désir immodéré de voir lever l'aurore, qui avait fait attacher Crispiciole à un volet du troisième étage de son palais. Il entra précipitamment, la porte étant ouverte et sans gardien, et parvint, à travers une effroyable solitude, à la chambre de Danaë. Il écarta les rideaux de pourpre, et retira le malheureux nain de son pilori.

Crispiciole avait la face apoplectique et violette. Quand Bébrix l'eut assis sur un lit de repos, il regarda autour de lui et dit à voix basse : Personne ! Il passa alors de la période de la colère, qui est la première et la plus aisée, à la période du regret, qui est la seconde et la plus douloureuse. Crispiciole aimait Danaë, le malheureux !

Quand ceux qui aiment sont violemment repoussés, ou évidemment trompés dans leurs affections, leur âme éprouve tout d'abord quelque chose de semblable à ce qu'éprouve le corps, après les grandes chutes. C'est un étourdissement général, et une douleur universelle, qui empêchent de distinguer les blessures du cœur des blessures de la dignité, de la considération et du respect de soi-même. Tout ce qu'ils ont en eux de noblement susceptible se révolte et se passionne ; et c'est durant cette fièvre de l'orgueil, que l'on se répand en fiers renoncements du passé et en fiers défis de l'avenir. Mais, lorsque tous les sentiments de l'âme qui ne sont pas l'amour, c'est-à-dire qui ne sont pas profonds, vivaces et nécessaires, se sont calmés et consolés ; lorsque toutes les facultés de l'esprit, l'intelligence, la réflexion, le jugement, qui peuvent, à la rigueur, se passer d'autrui, et se décerner à elles-mêmes la préférence qu'on leur refuse, se sont drapées dans leur estime, il reste le cœur, dont la plaie saigne toujours, qui ne peut pas vivre isolé, lui, et pour lequel rien au monde, ni la fierté, ni la dignité, ni l'estime de soi, ni même la gloire, ne sauraient remplacer cette chose exquise et divine, que les langues humaines nomment avec des mots, et que la femme aimée définit avec un sourire.

La colère de Crispiciole dura toute la nuit. Tant qu'il fut cloué à son volet, il ne comprit que l'insulte, et il s'indigna ; lorsqu'il vit le palais désert, il comprit l'abandon, et il pleura. Il se tint longtemps accroupi sur le lit de repos où l'avait placé Bébrix, le visage dans ses mains, et versant d'abondantes larmes. Puis, les larmes tarirent et il réfléchit. Il se faisait alors dans son âme ce travail de méditation grave et solennelle, qui suit toujours la chute des grandes affections. Dans les belles natures, ce travail laisse le regret ; dans les mauvaises natures, il laisse la haine.

— Je me vengerai ! s'écria tout à coup Crispiciole, en se levant. Où sont mes esclaves ? Voyez donc, Bébrix ; il me semble que j'entends du bruit dans la cour du palais.

Le bruit qu'entendait en effet Crispiciole provenait de la salle basse, où les esclaves du palais avaient été enfermés par Andronic. L'heure de deux repas avait déjà sonné à la clepsydre, laissant un écho fort prolongé dans leurs estomacs vides. Ils poussaient donc de grands cris, et essayaient d'ébranler la porte. Après des pourparlers avec Bébrix, entamés par le trou de la serrure, celui-ci alla dans la rôtisserie chercher une barre de fer, qui était en travers du foyer, et il les délivra. Crispiciole, qui n'avait pas faim, appela les huit Maures qui avaient porté sa litière ; et, après avoir fait placer Bébrix à côté de lui, il ordonna de prendre le chemin du palais.

Ce voyage fut très silencieux de part et d'autre. Crispiciole, qui était devenu pâle, et dont les habits, mordorés par les œufs de paon, étaient presque en lambeaux, était plongé dans des idées sombres. Bébrix, qui avait oublié, dans son trouble, ce qu'il était venu faire au palais de la voie Flaminienne, considérait l'attitude sinistre du comte, et n'osait point lui parler. Cependant, au moment où ils arrivaient sur le Forum, Bébrix hasarda une question.

— Quel est donc l'impertinent, dit-il d'une voix timide et in-sinuante, qui s'est permis de traiter Votre Excellence avec une telle indignité?

— C'est celui qui t'a battu, répondit négligemment Crispiciole, après quelques moments d'attente.

— Cornélius? fit Bébrix, merveilleusement ébahi. Il est donc sorti des prisons Mamertines?

— Non, ce n'est pas Cornélius, répondit Crispiciole, toujours distrait et pensif.

— Il y en a donc deux, qui nous ont pris l'un et l'autre pour des mannequins de palestre, et qui s'exercent sur nos épaules? s'écria Bébrix de plus en plus étonné.

— Eh! non, imbécile, répondit Crispiciole impatienté; il n'y en a qu'un, toujours le même. C'est un archer gaulois, dont je ne sais pas le nom.

— Ah! je le disais bien, fit Bébrix tout triomphant, qu'il n'é-tait pas possible qu'un blondin amoureux m'eût battu de la sorte. Par Hercule! on a laissé des souvenirs honorables au cirque de Vérone, où les Mirmillons les plus bruns et les moins amoureux des Espagnes n'avaient pas pour habitude de me mettre en l'état fâcheux où je suis.

Crispiciole paraissait être sorti, en écoutant ces paroles, d'une profonde léthargie, et retrouver un souvenir qu'il avait long-temps cherché. Il regarda Bébrix avec des yeux qui le firent frémir.

— Oui, tu disais cela, répondit-il; mais ce que tu ne disais pas, traître, c'est que tu avais laissé entrer l'archer gaulois chez Danaë, lequel n'en est sorti que le lendemain matin, au lever de l'aurore.

— Je vous assure que l'aurore n'était pas encore levée, s'écria Bébrix.

— Tais-toi, misérable, dit le comte en fureur; je sais tout.

En ce moment, les huit Maures s'arrêtèrent sous le portique du palais de l'empereur. Crispiciole sortit de la litière; et mon-trant Bébrix aux gardes prétoriens de service, il leur dit: Saisissez cet homme, et conduisez-le aux prisons Mamertines. Les gardes obéirent. Crispiciole monta dans son appartement et ordonna aux esclaves qu'on le laissât seul.

— Je me vengerai! s'écria le comte, après quelques instants de silence. Puis, se levant tout à coup, et marchant dans la chambre, en frappant ses mains : Je ne sais pas ce que je ferai, dit-il; mais il faut que ce soit grand, solennel et terrible! Ah! les misérables, comme il m'ont traité! Moi, qui étais chétif et faible, ils m'ont broyé par la force; moi, qui étais honoré et considéré, ils m'ont broyé par la honte; moi, qui l'aimais et qui la respectais, elle m'a broyé par le dédain! Il n'y a plus rien en moi, maintenant, qui ne soit brisé et avili. Ils ont marché sur mon corps et sur mon âme, sur mon pouvoir et sur ma gloire! Oh! oui, je me vengerai! Qu'imaginer, ô ma colère, qui soit impérial et digne de toi? Quelles douleurs inventer, qui ne soient pas bornées, comme leur sang et comme leur vie? Que faire? que faire, pour leur rendre angoisse pour angoisse, désespoir pour désespoir? Et cet homme, quel est-il? Son nom? malheur! malheur! je ne le sais pas! Et ces deux femmes, où sont-elles? Oh! je les trouverai. J'irai moi-même, par la ville, visitant tout, fouillant tout. L'un est archer gaulois, l'autre est danseuse, l'autre est chrétienne; c'est bien, cela me suffit. Pour avoir ces trois-là, je prendrai tous les autres. Je ferai une somme immense de supplices, pour égaler mon supplice. Je veux que toutes les voix se plaignent, que tous les cœurs défaillent, que tous les yeux pleurent, parce que ma voix s'est plainte, parce que mon cœur a défailli, parce que mes yeux ont pleuré! Ah!... ils m'ont raillé! je les tuerai, moi! Ah! ils m'ont cloué par mes habits, à une fenêtre! moi, je les clouerai par leurs membres à un gibet! Ah! ils m'ont fait entendre, toute une matinée, les huées des paysans et des femmes de la halle, attroupés devant mon palais; eh! bien, moi, je veux qu'ils entendent, toute une journée, les cris des tigres et des lions lâchés contre eux dans le cirque; et que Rome et l'Italie, et le monde, saisis d'effroi, se disent, au spectacle de tant de sang et de tant de larmes: C'est ainsi que le comte Crispiciole se venge de ceux qui l'ont outragé!

Crispiciole, en terminant ces paroles, tomba épuisé sur un lit de repos. Un officier de sa chambre entra en ce moment, et lui dit que l'empereur l'attendait.

— Ah! oui! s'écria Crispiciole, j'ai besoin d'un décret, signé du sceau de l'empire. — Faites venir les esclaves de ma toilette; et puis, ordonnez que l'on salue Son Eternité de ma part; je serai dans un instant à ses ordres.

X.

L'Antre du Lion.

— Dis-moi donc comment il se fait que je t'aime ainsi? demandait un jour à Césonie l'empereur Caligula.

— Je l'ignore, répondit gracieusement Césonie.

— Il faudra que je te fasse mettre à la question, pour que tu me le dises, reprit Caligula.

Ce mot peint avec une effroyable exactitude les empereurs romains. C'étaient des hommes la plupart du temps nés avec des qualités éminentes, braves, tendres, spirituels, élégants ; la possession du pouvoir absolu, dans les proportions les plus vastes qui se soient jamais vues au monde, les rendait fous, et ils finissaient par mêler du sang à toutes choses ; Gallien était ainsi : tantôt brave, tantôt lâche ; faisant des campagnes dignes de César, et mettant sa gloire à servir sur sa table des melons au mois de décembre ; faisant mourir quatre mille innocents en un jour, et pardonnant à des voleurs, au moment du supplice.

A l'époque où le comte Crispiciole était le favori de Gallien, il y avait déjà quelques années que l'empereur Valérien, son père, était prisonnier des Perses. On n'était même pas très certain qu'il ne fût pas mort. Il prit de l'empire ce qu'on avait bien voulu lui en abandonner. Le prince Odenat et la célèbre Zénobie en gardèrent l'extrémité orientale ; Posthumus, la Gaule ; Macrianus, l'Egypte ; une quinzaine d'autres, divers lambeaux : Gallien les laissa faire. — L'Egypte est conquise, venait-on lui dire. — Nous nous passerons de lin, répondait-il. — Les Scythes ont pris la Lydie. — Nous nous passerons de pastille de nitre. — La Gaule est perdue. — Nous nous passerons de manteaux rayés. En attendant, il publiait une découverte qu'il avait faite, pour avoir des fruits mûrs à toutes les saisons de l'année, de même que l'empereur Claude avait rendu un édit, où il recommandait de bien enduire de poix les tonneaux, pour que le vin s'y conservât d'une qualité supérieure.

Gallien était donc un esprit ambulatoire, faible, ombrageux, et violent par cela même ; qui ne passait jamais par le grand chemin de la raison et de la logique, et qu'on ne pouvait prendre, qu'en lui dressant toutes sortes d'embûches, à chaque recoin de ses divagations et de ses fantaisies. Crispiciole, qui allait lui demander l'arrêt de mort de quinze cents personnes, était à peu près sûr de réussir ; mais quand et comment ? Il l'ignorait. Il allait donc étudier d'abord la position présente des récifs et des bancs si mobiles de cet esprit, mer plus capricieuse mille fois que l'Adriatique, et jeter ensuite l'ancre de sa colère sur le premier fond solide qu'il y découvrirait.

Au moment où Crispiciole entra chez l'empereur, Son Eternité était occupée à questionner son chef de cuisine sur le menu de son dîner. Ce chef était un grand estafier, habillé de vert, avec une ceinture écarlate, ayant une longue barbe, et portant un couteau de chasse à la ceinture.

— Tu dis donc que nous avons pour entremets ?... demandait l'empereur.

— Nous servirons, fit le maître d'hôtel, un petit âne en bronze de Corinthe, portant un bissac, dont l'un des bouts contiendra des olives blanches, et, l'autre des olives noires. A côté, sur un gril d'argent, seront des saucisses brûlantes, distillant leur jus sur des prunes de Syrie et sur des pepins de grenade. Puis, on apportera, bien farci de saucisses, un demi-sanglier...

— Qu'est cela, fit l'empereur, rouge de colère, un demi-sanglier? Nous sommes donc un ouvrier du port ou un maçon de Suburre, et nous devons acheter pour notre dîner trois as de poils bouillis?

— Je n'ai pas dit cela, Eternité! s'écria le maître d'hôtel, les mains jointes.

— Si fait, si fait, reprit l'empereur, avec le même emportement. Tu l'as entendu, Crispiciole, un demi-sanglier! Il paraît que nous n'avons plus le revenu de notre domaine, et que les provinces refusent le cens et la capitation. Par Jupiter! notre ancêtre, il fallait le dire; nous aurions mis notre palais à louer, aux dernières calendes de juillet, et nous serions allé demander du vin clairet de Véies et des laitues de Cappadoce, à la taverne des Quatre-Bains, où l'on mange assis. Un demi-sanglier! Souviens-toi de ceci, drôle : C'est que si tu sers jamais la moitié d'un sanglier devant nous, nous ferons prendre l'autre moitié sur ta personne. Laisse-nous.

— Ah! mon pauvre Crispiciole, continua Son-Eternité, le poète Horace avait raison : tout dégénère, les hommes et les peuples. Nous serons forcé d'aller mendier toute l'année, comme l'empereur Auguste le faisait un seul jour, pour accomplir un vœu! Tiens veux-tu être empereur, Crispiciole? je vais faire porter dans ta chambre la statue d'or de la fortune, et l'on te servira la moitié d'un sanglier. Hélas! Antonin Héliogabale était un grand empereur; il avait des chiens, qu'il nourrissait de foies d'oies; et il n'eût pas souffert qu'on donnât à ses lions autre chose que des perroquets et des faisans.

— Oui, reprit vivement Crispiciole; mais il faisait servir à son fou et à ses parasites un dîner superbe, en bois sculpté, des sauces très appétissantes, en ivoire, et du vin de Falerne, peint à l'encaustique.

— C'était pour amuser Son Eternité, Crispiciole. Le lendmain, on ne mettait sur les tables que des crêtes de coqs vivants, des têtes de perroquets, des cervelles de faisans et de phénicoptères et des langues de rossignols. C'était un grand empereur, Crispiciole! Il est le premier qui ait eu un pot-au-feu d'argent. On distribuait, pendant le repas, à ses convives, des billets de loterie, enfermés dans des coquilles de limaçons; il y en avait qui gagnaient dix chameaux, et d'autres qui gagnaient dix mouches; on adjugeait à ceux-ci dix ours, et à ceux-là dix grillons. Et cha-

cun était obligé d'emporter son lot. C'était superbe, Crispiciole !
Antonin Héliogabale n'avait qu'un défaut, mais un défaut grave :
il ne faisait pas de vers. Tous les empereurs en ont fait, Crispiciole : Auguste a fait un poème épique ; Tibère, un poème lyri-
que ; Caligula, des comédies ; Claude a composé plus de soixante
volumes, et il donnait des vers d'Homère pour mot d'ordre aux
tribuns de garde ; Néron a écrit un volume de poésies ; Hadrien
a fait des vers ; Elius Séverus en a fait, et Antonin le Pieux, et
Vérus, et Pertinax, et Macrin, et Alexandre Sévère ; Gordien a
composé six épopées, et Balbin était le premier poète de son
temps. Il n'y a qu'Héliogabale et Commode qui n'aient pas eu de
littérature ; il est vrai qu'ils étaient gens de gaîté et de fantaisie :
Commode se fit servir, à dîner, ses deux nains sur un plat, couverts de moutarde : ne trouves-tu pas, Crispiciole, que tu serais
beau dans de la saumure, avec des choux, du gérofle et du lupin ?
    Crispiciole fit une grimace, en se rappelant la mine qu'il ve-
nait d'avoir, cloué pendant douze heures à un volet.
    — A propos, j'oubliais de me fâcher, drôle, reprit l'empereur,
Sais-tu que l'on m'a fait attendre, ce matin, de ta part, comme
je voulais te lire une épithalame, sous prétexte que tu étais dans
tes jardins ?
    — Que Votre Clémence m'excuse, dit humblement Crispiciole ;
mais j'étais occupé du service de Votre Eternité.
    — Comment cela, s'il te plaît ? Et qu'a de commun mon service
avec les baladines qu'on dit que tu loges dans tes palais ?
    — Eternité, reprit gravement Crispiciole, ce n'est pas sans des
motifs d'une haute importance qu'un doyen du collège des Augures, honoré des faveurs de Votre Clémence, se mêle à des gens
de théâtre, si fort au dessous de moi. Mais je savais qu'il se tra-
mait un odieux complot contre votre vie, et j'en ai découvert les
auteurs.
    — Un complot ? fit l'empereur. Allons donc ! qui voudrait être
empereur de l'empire qui reste ? Par Jupiter ! se voir servir des
moitiés de sanglier, et manger du melon, au mois de septembre,
lorsque tout le monde en mange, ce n'est pas un sort si beau !
Laisse là les conspirateurs ; ils ne sont pas assez sots pour vouloir réussir. Comment trouves-tu ces pierreries destinées à mes
brodequins ?
    Crispiciole, qui n'avait qu'une idée dans la tête et qu'un sen-
timent dans le cœur, la vengeance, vit que le moment n'était pas
encore propice, et il dissimula. — Ces pierreries sont belles, fit
Crispiciole : mais elles ne sont que taillées, et Antonin Héliogabale les portaient sculptées.
    — C'était plus magnifique, reprit l'empereur. Mais j'oubliais.
Le marchand qui les a vendues au compte de ma cassette privée
a vendu aussi à l'impératrice un diadème d'émeraudes. C'est un

vieux juif d'Ascalon, qui a une boutique sur le Forum, à côté
des changeurs, à l'enseigne de l'Écu-Cimbrique. J'ai fait examiner les émeraudes par le syndicat de la corporation des joail-
liers; il a été reconnu qu'elles étaient de verre. Que me conseil-
les-tu de faire de ce coquin?

— Par Hercule! dit Crispiciole, il faut le brûler vif.

— C'est trop simple, fit négligemment l'empereur. Je cher-
cherai autre chose. Dis-moi, Crispiciole, ajouta l'empereur en
changeant la conversation, crois-tu qu'il vaille mieux imiter
Virgile ou Catulle, pour la poésie amoureuse?

— Catulle sans contredit, répondit Crispiciole. Virgile est un
effronté pillard, qui a pris à Apollonius de Rhodes l'histoire de
Didon; à Homères, dans l'Odyssée, l'histoire du pasteur Aristée;
à Pisandre, l'histoire de Sinon et du cheval de Troie; à Ennius,
à Accius, à Lucrèce, à Lucilius, à Furius, à Varius, à Pacuvius,
à Mévius, à Catulle, des vers qu'on ne compterait pas. Et puis,
voyez donc les distractions étranges! Au neuvième livre de l'E-
néide, Corinée est tué par Asilas, et au douzième, ce même Corinée est encore tué par Ebusus! Nisus tue le guerrier Numa, au
neuvième livre, et Enée le poursuit au dixième! Camerte, qui
est tué par Enée, au dixième livre, se promène à travers la bataille, au douzième! Chloreus est tué, une première fois, par Ca-
mille, au onsième livre, et une seconde fois au douzième, par
Turnus! Par Jupiter! j'aurais reçu de bons coups d'étrivières,
quand j'étais bateleur, si j'étais tombé en de pareilles méprises,
et si, lorsqu'on me disait d'avaler un pieu de Thrace, qui avait
dix palmes, j'avais avalé une épée de Lacédémone qui n'en
avait que trois!

— Tu as raison, dit l'empereur; Catulle est bien plus beau
que Virgile. C'est tout simple. Catulle était noble et Virgile fils
d'artisan. L'empereur Hadrien, qui avait du goût, quoique le plus
grand géomètre qui ait été, préférait Caton à Cicéron et Ennius
à Virgile. La race est beaucoup, Crispiciole. Aussi ai-je mieux
aimé imiter Catulle que Virgile, dans l'épithalame que je fais
pour mes neveux. Je vais te lire cela, et tu me diras ce que tu
en penses.

Crispiciole, qui se voyait lancé à regret dans l'esthétique et
dans la poésie, essaya une diversion qui lui réussit. — On sait
déjà cela, fit-il; on compare même, en fait de style, Votre Eternité à l'empereur Néron; et l'on trouve que Néron avait le vers
beaucoup plus facile.

— Cela n'est pas, s'écria Gallien; il n'y a que des envieux qui
puissent parler ainsi. Tu vas voir, fit-il, en courant à sa bibliothèque. Tiens, voilà le manuscrit original de Néron, dont parle
l'historien Suétone; il est plein de ratures; et, vois-tu, Crispiciole, dit-il d'un air sentencieux, celui qui n'écrit pas sans ra-

tures n'est pas un écrivain. Ah! on dit que je n'ai pas le vers facile! Et qui dit cela? Par Jupiter!

— Oh! fit négligemment Crispiciole, ce sont quelques jeunes sénateurs, parmi ceux qui conspirent contre vous.

— On conspire contre moi? Par Hercule! Je ne suis donc plus le fils de Valérien et le légitime empereur de Rome? Tu me donneras les noms de ces sénateurs, Crispiciole.

— Ah! se dit Crispiciole avec une joie intime, je tiens Cornélius!

Vous ne voulez que les noms des sénateurs? ajouta-t-il d'un air d'indifférence.

— Il y en a donc encore d'autres? demanda l'empereur en colère.

— Il y a aussi des chrétiens.

— Et que disent ces chrétiens? fit l'empereur.

— Ils disent, répondit Crispiciole, que le temps que vous avez passé à bâtir des châteaux de poires vous a empêché d'étudier les trois théologies; que vous donnez en mille erreurs, lorsque, en votre qualité de souverain Pontife, vous présidez à la discussion de matières augurales; et surtout, que votre goût pour la poésie vous a fait tomber dans les impiétés d'Evhémère et d'Ennius, si fort condamnées par Cicéron et par le grand pontife Scœvola.

— C'est encore une erreur, dit Gallien; j'ai étudié les trois théologies dans les meilleurs Rituels, et d'après la tradition du collège des pontifes; je condamne les impiétés d'Evhémère, et je ne crois pas que les tombeaux des dieux se trouvent en Orient. Tibère était poète, comme moi, ce qui ne l'empêcha pas de faire rechercher et brûler les livres impies. Je ferai mieux que Tibère; je ferai rechercher et brûler les chrétiens.

— Ah! se dit encore Crispiciole, je tiens Fabiola!

Certes, c'est bien agi, dit tout haut Crispiciole; et je ne voudrais pas, pour mon compte, qu'il restât vivant un seul des ennemis de Votre Eternité, ni dans le sénat, ni parmi les chrétiens, ni dans l'armée, ni ailleurs enfin.

— Mais je n'ai pas d'ennemis dans l'armée, Crispiciole, fit l'empereur.

— Vous croyez? insinua doucement Crispiciole. C'est bien possible. Au fait, j'ai peut-être tort.

— Comment! ajouta vivement l'empereur, tu sais donc quelque chose?

— Moi? je croyais savoir, en effet; mais que Mercure me garde d'être irréfléchi! Vous dites que vous n'avez pas d'ennemis dans l'armée; Votre Eternité doit avoir raison.

— Voyons, mon pauvre Crispiciole, parle-moi franchement. Tiens, ô mon fou, tu es le plus sage de tous ceux qui me servent. Je veux te désigner consul pour l'an prochain. Que sais-tu de l'armée?

— En général, l'armée vous aime; mais il y a une cohorte qui vient du Danube et de la Syrie, et qui doit avoir été gagnée par la reine Zénobie et par le roi Odenat, car les soldats de cette cohorte vont disant partout que les femmes de l'Orient ont plus de courage que les hommes de l'Occident; que votre épée ne tiendrait pas contre la quenouille de Zénobie ou de Victoire; et qu'il est honteux pour l'armée d'obéir à un empereur qui se promène par la ville au son d'un orgue, et qui prend sept bains par jour. Cette cohorte est celle des archers gaulois.

— Par Jupiter! s'écria Gallien, ces archers gaulois sont de grands impertinents! On dirait qu'ils ne savent pas que j'ai fait exterminer, en un seul jour, quatre mille soldats, à Byzance. Parce que j'ai conféré au prince Odenat le titre d'Auguste, et parce que je lui ai permis de battre monaie, cela ne veut pas dire que je ne suis pas toujours le maître. Je prends sept bains par jour en été, cela est vrai; mais je n'en prends que trois en hiver. Par Hercule! j'en ferai prendre un dans le Tibre à cette cohorte, et qui vaudra tous les miens. Tu m'as dit qu'il y avait encore quelqu'un, Crispiciole?

— Je tiens l'archer gaulois! murmura Crispiciole; encore un effort, ô ma colère!

Oui, répondit Crispiciole, et j'en suis humilié pour mon ancienne condition. Vous savez ces comédiens, histrions et danseurs, que la grande corporation des bateleurs de Rome envoie chaque jour à votre souper, et qui ont l'insigne fortune de jouer, mimer et baller devant votre Clémence?

— Eh bien! fit l'empereur.

— Eh bien! reprit Crispiciole, ils se sont mêlés l'autre jour à votre triomphe. Certes, ce n'est pas votre faute, si, pendant que vous êtes ici à inventer le moyen de conserver les raisins frais pendant trois années, votre père et votre mère sont tenus dans une basse fosse par le roi Sapor. Ils s'étaient donc mêlés au cortége, parmi les captifs, vrais ou faux, qui précédaient votre char. Et comme quelques-uns de ces faux captifs étaient déguisés en Perses et en satrapes, ces comédiens, ces histrions et ces danseurs affectaient de leur considérer le visage avec une attention d'une gravité bouffonne.

— Que cherchez-vous donc parmi ces Perses? leur cria plusieurs fois la foule.

— Nous cherchons le père de l'empereur, répondirent-ils; ce qui fit éclater de toutes parts des rires inextinguibles.

— Ah! ils ont répondu cela? s'écria l'empereur en colère. Par Hercule! ce serait trop abaisser la majesté des Césars, que de souffrir les lazzis des histrions. Le platonicien Apulée a dit

que la main de justice, que portent les empereurs et les grands-
prêtres, était la main gauche, parce qu'étant moins souple,
moins agissante et moins habile, elle était plus propre que la
droite à représenter l'équité; mais la justice, ce n'est pas seulement de ne point violer les droits des autres, c'est encore de ne
pas laisser violer les siens. Puisqu'on ne nous sait pas de gré de
ce que nous sommes patient, nous serons terrible. Les rois et
les empereurs descendent de Jupiter, entends-tu, Crispiciole?
C'est le poète Hésiode, un très grand théologien, qui l'a ensei-
gné. Nous l'apprendrons à ces bateleurs, qui nous insultent, et
tu le leur feras dire à chacun, par un héraut, quand on les aura
mis en croix, le long de la voie Appienne, comme fit Crassus
de six mille esclaves, après la défaite de Spartacus.

— Je tiens Danaë! se dit tout bas Crispiciole. Elle l'a voulu!
ajouta-t-il tout pâle, après un moment de réflexion. O ma vengeance! tu me coûtes bien cher aujourd'hui.

Crispiciole était resté pensif, à l'idée de Danaë. Son cœur avait
senti revivre quelque souvenir mal éteint; et il ne pouvait pas
considérer sans épouvante l'image de cette jeune et belle fille,
mourant sur un gibet infâme, les membres rompus par le bour-
reau. L'empereur, dont les impressions étaient fort mobiles, fut
frappé de ce morne silence.

— Tu trouves, dit-il, n'est-ce pas, Crispiciole, que j'ai été
trop sévère? Au fait, tu as raison; les archers gaulois se sont
bien battus, et Zénobie et Victoire sont deux femmes fortes.

Le nom des archers gaulois ranima la jalousie et la haine de
Crispiciole.

— Non, non, s'écria-t-il; Votre Eternité ne peut pas laisser
avilir, en sa personne, la majesté de l'empire. Je songeais au
genre de supplice par lequel il convenait d'exterminer vos ennemis; et je pense que la garde prétorienne, qui est sûre et dévouée, s'en chargera volontiers, pour une bonne gratification.

L'empereur était tombé, de son côté, dans une sombre méditation. Il s'était épuisé, par sa haine, de paroles, et ce n'était pas
sans effort que son imagination, faite aux choses douces et ca-
pricieuses, demeurait longtemps appliquée aux projets rigoureux et sinistres.

— Si fait, si fait, Crispiciole, reprit-il avec mélancolie; tu
avais raison. J'ai été trop sévère. Il faut pardonner un peu aux
conspirateurs; ils ne connaissent pas ce qu'ils envient; et puis,
je viens de faire mourir, en un jour, quatre mille hommes à
Byzance. Ce serait trop de sang dans une année.

Crispiciole, qui voyait échapper sa vengeance, insista de nouveau.

— Caligula, que vous citiez tout à l'heure, dit-il, faisait
mourir toutes les semaines, et sans distinction ni jugement,

tous ceux qui étaient dans les prisons. Il appelait cela purger
ses comptes. Et pourtant, cela ne l'empêchait pas de faire des
comédies, et de trouver que le style de Sénèque était une muraille sans mortier.

— C'est égal, Crispiciole, reprit l'empereur. Je veux que le
peuple m'aime, comme il aime encore Néron. Je fais construire
sur le mont Esquilin une statue, deux fois grande comme le
colosse, et qui me représentera, sous les traits du Soleil. La
statue portera une lance, et il faut que cette lance soit assez
grande pour qu'un enfant puisse monter sur sa pointe et s'y
tenir debout. C'est le peuple qui bâtit cette statue, et c'est son
amour qui la consacrera. Ne parlons plus de vengeance, Crispiciole ; quelle sera donc la vertu des forts, si ce n'est le
pardon ?

Crispiciole se tut. Sa haine ardente grondait dans sa poitrine,
comme le lion auquel le belluaire retire tout à coup la pâture
avec son trident. Il connaissait trop l'esprit de Gallien, pour
vouloir violenter ses caprices. L'empereur reprit :

— Crois-tu, Crispiciole, que l'on garde la mode que j'ai in-
troduite, de se poudrer les cheveux avec de la râpure d'or ?

— Éternité ! fit Crispiciole, j'ai entendu dire à de jeunes sénateurs que cela ne valait pas la mode qu'avait créée Néron, de
porter les cheveux frisés à trois étages.

Gallien sembla mécontent.

— Que dit-on parmi le peuple, reprit l'empereur de mon
entrée triomphale, et des bouffons qui représentaient des
Cyclopes ?

— Le peuple, répondit Crispiciole, la trouve fort belle ; mais
ces bouffons prétendaient qu'elle était bien au dessous de l'entrée de Néron, lorsqu'il revint des jeux olympiques, et que le
cortége marchait, d'un bout à l'autre de la voie Sacrée, sur de
la poudre de safran, entre deux rangées de tables, couvertes de
gâteaux.

L'impatience de Gallien parut au comble.

— A-t-on du moins trouvé splendide, dit-il, l'hécatombe que
j'ai offerte à Jupiter Salutaire, pour faire cesser la peste de
Rome et les tremblements de terre de l'Italie ?

— Oh ! fit Crispiciole, les chrétiens, vos ennemis, remar-
quaient que vous n'aviez immolé que cent bœufs et cent brebis,
tandis que les autres empereurs immolaient encore cent lions et
cent aigles.

Gallien frappa violemment la terre du pied et se tut un moment.

— Les hommes sont ingrats, Crispiciole, ajouta-t-il ; mais
n'est-ce pas que tout l'empire me saura gré de la publication de
ce beau décret, dans lequel j'enseigne comment on peut con-

server, toute l'année, le moût de raisin, qui sert à faire les sauces?

— Sans doute, répondit Crispiciole, ce sera là un des faits les plus mémorables du règne de Votre Éternité ; et je plaignais sincèrement votre sort, l'autre jour, en entendant les archers gaulois dire, les barbares qu'ils sont ! que ce décret était bien moins glorieux que le décret de Claude, dans lequel cet empereur prescrivait le suc de l'if pour guérir la morsure des vipères.

— Ah ! tant d'ingratitude me révolte, s'écria l'empereur hors de lui. Crispiciole, je ne peux pas souffrir qu'on insulte ainsi à ma puissance. Tu vas faire arrêter ces archers gaulois, ces chrétiens, ces bouffons et ces sénateurs. Donne-moi de ce parchemin qui est là, dans ma bibliothèque, afin que je te signe un ordre.

Crispiciole, transporté de joie, courut à la bibliothèque.

— Ne prends pas de celui-là, dit Gallien : c'est du parchemin traversé avec un ruban, que Caligula a inventé, pour éviter les falsifications ; mais il n'est pas sûr. Prends plutôt du parchemin à protocole, tu sais ? il y a en tête une petite inscription, portant l'année de la fabrication, et le nom du comte des Largesses en exercice. C'est bien.

L'empereur appela un officier de sa chambre, et commanda qu'on apportât une bougie allumée. Crispiciole fit couler de la cire jaune au bas du parchemin, et Gallien la signa avec le cachet de son anneau.

— Tu écriras toi-même l'ordre, Crispiciole, ajouta l'empereur, et tu dicteras, si tu veux, les noms à mon secrétaire.

— Mais comment ferons-nous mourir tant de monde ? demanda Crispiciole, sérieusement embarrassé.

— Comment nous les ferons mourir ? reprit l'empereur ; ah ! oui, réfléchissons !

En ce moment, l'officier de la chambre de l'empereur annonça l'intendant général des ménageries.

— Faites entrer, dit vivement Crispiciole, avec un éclat de joie féroce, qui brilla tout à coup dans son regard.

— Que me veux-tu ? lui demanda l'empereur.

— Éternité, répondit l'intendant, je viens, avec mes comptes, prévenir votre Clémence, que je n'ai plus de quoi nourrir les animaux d'Afrique entretenus pour vos plaisirs.

— Et combien y en a-t-il ? fit l'empereur.

— Il y a cinq cents lions, répliqua l'intendant.

— Comment ferons-nous pour nourrir tous ces monstres, demanda l'empereur, en se tournant vers Crispiciole, nous, à qui l'on sert une moitié de sanglier ?

— L'empereur Caligula, répondit Crispiciole, à qui son intendant vint un jour dire la même chose, alla, sur-le-champ,

lui-même, faire vider les prisons. Les vôtres seront pleines demain, Éternité; pourquoi ne feriez-vous pas comme l'empereur
Caligula?

— C'est juste, dit l'intendant. Le fait est consigné dans les
comptes du cirque.

— Eh bien! charge-toi de tout, Crispiciole, répondit l'empereur. Fais venir chez toi le préfet du Prétoire, le préfet de Rome
et le préfet du Guet; prends tes mesures avec eux. Je serai
demain au cirque de Vespasien, à la quatrième heure. Il serait
bon de donner aussi une chasse de panthères et un combat de
gladiateurs; le peuple aime les spectacles. Mes secrétaires écri-
ront les affiches qu'on mettra dans les quatorze quartiers de
Rome, pour prévenir le peuple. Va, Crispiciole. Je vais faire
semer des graines de melon qu'on m'a envoyées de Narbonne, et
qui mûrissent au mois de janvier.

XI.

Panem et circenses.

Le soleil se levait à peine, et la première heure venait d'être
marquée aux clepsydres, pendant que des hérauts parcouraient
les quatorze quartiers de Rome, appliquant de grandes affiches
le long des temples et des portiques, et annonçant des chasses de
panthères et des combats de gladiateurs, qui seraient donnés par
l'empereur, à l'amphithéâtre de Vespasien, à la quatrième heure;
ce qui équivaut, dans notre manière de compter, à dix heures du
matin. Les hérauts chargés du premier quartier, qui était celui
de la porte Capène, placardèrent très richement les thermes d'Antonin Caracalla; et comme l'un d'eux allait vers la porte Lavernale, il appliqua une affiche sur le mur de la maison de Fabiola,
où Danaë était cachée avec les chrétiens.

Le comte Crispiciole avait déployé, depuis son entrevue avec
l'empereur, une effroyable activité. Les syndics des diverses corporations de comédiens lui avaient fourni, sans savoir l'usage
qu'il en voulait faire, la liste de tous les bateleurs de Rome; il
avait su à peu près, par les rapports des divers chefs du guet, le
nombre et la demeure des chrétiens; Cornélius et Bébrix, les
deux sénateurs auxquels il ne pouvait pas pardonner d'être dans
le secret de ses désastres amoureux, attendaient leur sort, aux
prisons de Mamertines; et, sous prétexte de distribuer un don
aux archers gaulois, il les avait attirés, pendant la nuit, sans
armes, hors du camp, et les avait fait saisir par la légion entière
des Prétoriens. Tout était donc prêt. Il avait donné le signale-

ment exact de Fabiola et de Danaë, avec l'indication précise de
leur demeure ; et il se rendit, vers la troisième heure, auprès de
l'empereur, pour se réunir au cortége de l'Augusta, au moment
où elle suivrait Son Éternité à l'amphithéâtre.

— La foule encombrait les rues qui allaient de la circonférence
au centre de Rome. L'amphithéâtre où les jeux allaient être donnés était situé à l'extrémité septentrionale du quartier d'Isis et de
Sérapis, qui était le troisième. La voie Sacrée au nord, la voie
Triomphale au couchant, et la voie Labicana au midi, étaient les
trois rues qui allaient y aboutir. Il avait été construit par Vespasien, sur les plans de l'empereur Auguste, et inauguré par Titus.
Il occupait l'emplacement des viviers de Néron, aux anciens jardins de sa maison dorée. Il portait à cette époque le nom d'amphithéâtre de Flavius ; mais des débris de la statue monumen-
tale de Néron y ayant été réunis, il prit le nom même de cette
statue, qui s'appelait Colosseum ; et cet amphithéâtre est ce
qu'on nomme aujourd'hui, en italien, le Colosseo, et en français,
le Colysée.

A mesure que la foule arrivait, elle pénétrait dans l'intérieur
de l'amphithéâtre, par les divers portiques qui en perçaient l'im-
posante masse. Des décurions, armés d'une baguette d'ivoire,
étaient debout à l'entrée des diverses grilles qui conduisaient
aux degrés. L'amphithéâtre pouvait contenir quatre-vingt-sept
mille personnes. L'immense toile qui couvrait les degrés, comme
une tente, pour mettre les spectateurs à l'abri du soleil, était développée. Un grand nombre de personnes étaient déjà occupées,
dans l'intérieur du cirque, à étendre avec des râteaux le sable
qui le couvrait, pour absorber le sang des hommes et des animaux qu'on allait y répandre ; et des belluaires, armés de pieux
de fer, couraient, de loge en loge, gourmander les lions impa-
tients, et voir si nul gravier ne devait gêner l'ouverture des portes. Les gradins inférieurs, destinés aux simples citoyens romains
et à la populace, étaient déjà garnis, et quelques chevaliers se
montraient aux gradins intermédiaires, lorqu'un piquet de Prétoriens à cheval annonça l'arrivée de l'empereur et de l'Augusta,
son épouse.

Son Éternité était précédée du sénat en masse. Leurs Excel-
lences et Leurs Sincérités, qui étaient en chaise, mirent pied à
terre en arrivant à l'amphithéâtre, et leurs esclaves se rangèrent
sous l'immense portique à colonnade, qui en faisait le tour.
L'entrée de l'empereur et de l'Augusta fut saluée par huit salves,
avec ces mots : Que les dieux vous conservent ! répétés en chœur
et en manière de litanie. Ils allèrent se placer sous la tente qui
était dressée au niveau des gradins des familles sénatoriales.
L'empereur était étendu sur un lit sculpté, revêtu de lames d'or.
L'Augusta était placée à sa gauche, et un peu plus bas que lui.

A sa droite, et au niveau de l'impératrice Salonine, étaient le
tribun des Prétoriens, le préfet de la ville, le flamine de Jupiter
et les doyens du collége des Pontifes, du collége des Sacrificateurs, du collége des Saliens, et les chefs des autres degrés du
clergé régulier et du clergé séculier. Au dessous de la tente de
l'empereur et au dessus de l'ordre des chevaliers, était une loge
gardée par quatre licteurs, armés de faisceaux. Il y avait cinq
femmes sur lesquelles tous les regards se portaient avec vénéra-
tion ; c'étaient les vestales, ayant à leur tête Madame la Grande.

Un petit personnage, coiffé d'un bonnet phrygien en drap d'or,
avec une aigrette en plumes de cygne, se tenait derrière le lit de
repos de l'empereur, et attirait l'attention de tout le monde : c'é-
tait Crispiciole. Son visage, qu'il essayait de rendre souriant en
parlant à l'empereur, était bouleversé par des contractions sinistres. La foule considérait avec épouvante ce nain difforme,
dont on savait partout l'ascendant sur l'esprit de l'empereur, et
auquel on attribuait l'effroyable malheur de plus de quinze cents
personnes, soldats, histrions, chrétiens et sénateurs, qui allaient
être livrées aux lions, sous le prétexte d'une conspiration qui ne
paraissait pas bien prouvée. Mais, comme cette catastrophe se
résumait en combats de gladiateurs et en chasse de panthères, la
curiosité l'emportait encore sur la commisération. La fête faisait
oublier le crime.

Quand tout le monde fut assis, un héraut se leva près de la
tente de l'empereur, et cria : Silence! Alors un décurion lut à
haute voix l'ordre des spectacles et des jeux que Son Eternité
daignait donner au sénat, aux chevaliers et au peuple de la ville
de Rome. Cet ordre portait que l'on commencerait par la chasse
des animaux, que l'on continuerait par le combat des gladiateurs,
et que l'on terminerait en livrant aux lions les criminels condamnés pour avoir conspiré contre la sûreté de l'empire.

— Que les dieux conservent Son Éternité ! répétèrent cinq fois
les quatre-vingt-sept mille hommes qui remplissaient l'amphithéâtre. Le belluaire en chef cria : Place! et le spectacle commença.

Il sortit de dessous le portique plusieurs gladiateurs espagnols,
armés à la légère. Ils étaient sans casque, et portaient un ruban
autour des cheveux, comme les rétiaires. Une inducula blanche
et sans manches se joignait à des braies gauloises de couleur
noire, et était retenue par une ample ceinture rouge. Ils avaient
aux jambes, du genou à la cheville, une cnémide en cuir fauve,
brodée de couleurs, et aux pieds l'antique sparteille, qui tire son
nom de la ville de Sparte. Ils se tenaient par la main, et ils se
mirent à danser en rond, au milieu du cirque, en chantant une
chanson guaditane. Un belluaire ouvrit tout à coup la loge d'un
taureau des marais Pontins, et l'animal fondit sur eux, l'œil en-

flammé et la corne basse. La ronde allait toujours. Au moment
où le taureau les touchait de son souffle, celui sur lequel il était
arrivé se contenta de lâcher la main de son camarade, et le taureau entra dans le cercle. Le danseur qui se trouvait de l'autre
côté en fit autant; le taureau passa encore; et la ronde allait
toujours. L'animal était lancé avec tant de force, qu'il dépassa
de beaucoup les danseurs; il revint sur lui-même, à plusieurs
reprises, avec la même furie: et sa corne, qui ne frappait que
l'air, n'interrompit jamais ni la danse ni la chanson. C'était la
pièce d'ouverture; tout l'amphithéâtre applaudit, et le belluaire
rouvrit la porte de la loge, où le taureau, dont la fureur n'était
que de l'épouvante, alla se réfugier tout seul.

On fit alors sortir un buffle, qui avait une forte sangle passée
autour du corps. Cette sangle avait un anneau, sous le ventre de
l'animal, et à cet anneau était attachée, par une longue corde,
une panthère, qui avait au cou un collier de métal. Il n'y avait
que les belluaires très célèbres qui combattissent les animaux
féroces en liberté. Un novice irritait la panthère avec son dard;
et, comme elle était retenue par la corde, un jeune camarade
plein de malice aiguillonnait le buffle à l'improviste, ce qui
donnait tout à coup du champ à la panthère, et soulevait, sur
tous les degrés de l'amphithéâtre, de fort joyeuses acclamations.
Ce fut ensuite le tour de sangliers et de loups, sur lesquels on
lança une meute de chiens de Laconie, et de lièvres qui excitèrent des transports d'admiration générale, en se réfugiant entre
les pattes d'un lion royalement étendu au soleil, où les chiens
n'osèrent pas les attaquer.

Quand on eut fait rentrer toutes ces bêtes, un héraut annonça que, pour varier le spectacle, un criminel allait être dévoré
par un lion. C'était ce malheureux marchand juif, qui avait vendu de fausses émeraudes à l'impératrice, et que Crispiciole avait
conseillé de brûler vif. Des bourreaux l'amenèrent à moitié dé-
pouillé de ses vêtements, et l'attachèrent à un poteau, qu'on fixa
dans le creux d'une pierre enfoncée dans le sol. Il était d'une pâ-
leur cadavéreuse, et se soutenait à peine. Il se fit un grand silence, pendant qu'on l'attachait. Le poteau était planté devant
la loge d'un lion récemment arrivé d'Adrumète, qu'un prince de
Mauritanie avait envoyé à l'empereur, avec des autruches, et
qui était déjà célèbre par sa taille et par sa férocité. C'était la
première fois que ce terrible lion paraissait en public, et tous
les spectateurs étaient dans l'attente. Deux belluaires, tous bardés de fer, et armés de longues piques, s'avancèrent avec précaution vers la loge, et se préparèrent à l'ouvrir. Ils se placèrent
des deux côtés de la porte. L'un d'eux l'attira vers lui avec force,
et s'en couvrit le corps. Le pauvre juif s'évanouit, au bruit que
firent les gonds, et le silence redoubla. L'autre belluaire, comme

si l'animal avait refusé de sortir, le harcela d'un air fort défiant, avec le fer de sa pique; et tous les spectateurs, muets et haletants, virent paraître alors, pour lion d'Adrumète, un beau chapon au corsage doré, qui s'avança la tête haute, sur le seuil de la loge, et qui se mit à chanter, en grattant le sable avec ses éperons. Il s'éleva tout à coup, d'un bout à l'autre de cette assemblée immense, un rire fou, qui roula comme un coup de tonnerre, du bas de l'arène aux degrés supérieurs de l'amphithéâtre. C'était une plaisanterie impériale, qui eut le plus grand succès. Au bout de quelques instants, un héraut se leva, et fit signe qu'il allait parler, au nom de Son Éternité. « Peuple romain, s'écria-t-il, voici ce que César vous dit : — Cet homme avait trompé l'Augusta, il convenait qu'il fût trompé. — Maintenant, bourreaux, chassez ce drôle ! » Les éclats de rire avaient quelque peu fait revenir le juif à lui-même; lorsqu'on l'eut délié, du poteau, on lui ouvrit un portique, et il s'enfuit au milieu des lazzis et des huées de la populace.

Une fanfare, jouée tout à coup par des trompettes, annonça l'arrivée des gladiateurs à cheval. Il allait enfin y avoir du sang répandu ! La foule battit des mains, et cria trois fois : Que les dieux gardent César !

Il y en avait cent paires. Ils appartenaient à l'empereur, et ils étaient tous Thraces ou Gaulois. A proportion que certains d'entre eux étaient tués, ou seulement estropiés, et vendus à vil prix pour être portiers ou gardiens de troupeaux, il les faisait remplacer par les plus renommés qui se trouvaient chez les principaux entrepreneurs de jeux de l'Italie. Il y avait en effet des gens qui faisaient profession de fournir, à prix débattu, cent ou deux cents paires d'hommes à égorger, pour une fête. Ils les faisaient instruire chez eux, par d'habiles maîtres d'armes, et ces gladiateurs tuaient leurs camarades avec le plus grand sang-froid du monde. C'est de chez un de ces entrepreneurs de jeux, nommé Lentulus Batiatus, de Capoue, que le célèbre Spartacus s'échappa, avec deux cents de ses compagnons; et la guerre terrible qu'il alluma, bien malgré lui, puisqu'on l'empêcha de se sauver dans son pays, eut ainsi pour principe, non une révolte d'esclaves, mais une évasion de gladiateurs.

Ces deux cents gladiateurs s'avancèrent deux à deux, et passèrent devant l'empereur, ayant à leur tête le *lanista*, ou maître d'armes en chef. Ils se rangèrent, par paires, devant la tente impériale; et le maître d'armes dit à haute voix, en leur nom : César, ils te saluent avant de mourir ! Puis ils défilèrent, en tournant, les uns à droite, les autres à gauche, et ils allèrent se poster, sur deux lignes, au milieu du cirque, de façon à ce que chacun d'eux eût son adversaire en face de lui.

Les chevaux qu'ils montaient n'étaient pas bardés. Ils étaient seulement couverts d'une assez grande housse carrée, servant de selle, retenue par une croupière de couleur rouge et par une sangle de cuir, qui ceignait le corps du cheval. Leur bride n'avait ni frontail ni muselière. C'était une bande de cuir embrassant le cou, venant se joindre aux deux extrémités d'un mors droit, et serrant la barre avec une gourmette fort courte. Les chevaux n'étaient pas ferrés. Les cavaliers n'avaient pas d'éperons comme ceux de l'armée ; ils étaient coiffés d'un casque assez semblable à ceux que portait la chevalerie, au seizième siècle. La forme en était ronde, et surmontée d'un porte-plume, où se plaçait une aigrette. Il avait, à la hauteur du front, un avancement pareil à celui de nos chapeaux. Cependant la paroi verticale du casque se continuait, à partir de cet avancement, jusqu'au dessous du menton, et couvrait entièrement le visage et le cou, jusqu'aux clavicules. Sur le milieu de cette plaque convexe, qui abritait le visage, il y avait, du haut en bas, une fente qui servait au gladiateur à respirer l'air ; et, à droite et à gauche, étaient percés deux trous ronds, qui servaient de vues ou d'œillères. Comme les gladiateurs se servaient du bouclier, et avaient par conséquent la pare du côté gauche, l'œillère gauche était garnie d'un solide grillage en métal.

Toute la partie gauche de leur corps était également couverte, à l'exception du bras, qui était nu, parce qu'il s'abritait en tenant le bouclier. Ils avaient l'inducula, sans manches, serrée autour de la taille, avec une ceinture. Le bras droit, étant à découvert, était enfermé dans un brassard à lames d'acier articulées, terminé, en guise de gantelet, par un avancement qui recouvrait la main. Ils portaient le bouclier rond, une lance légère et l'épée courte.

Quand ils furent en présence, le maître d'armes les nomma tout haut, l'un après l'autre, en ajoutant, après leurs noms, le nombre de victoires qu'ils avaient remportées. Il y en avait de fort célèbres, que le peuple applaudit, mais qu'il n'aurait pas reconnus, parce que le casque couvrait leur visage. Le maître d'armes fit alors un signal à l'homme qui jouait de l'orgue hydraulique, et le combat commença.

Les cavaliers partirent au galop, penchés sur leurs chevaux, le bouclier en avant et la lance baissée. Le choc en renversa six, dont trois laissèrent échapper leur bouclier dans la chûte. Perdre son bouclier ou recevoir une blessure dont le sang jaillissait par terre, c'était être vaincu. En principe, tout vaincu était immédiatement mis à mort, à moins que le peuple ne fît grâce. Ces trois vaincus levèrent donc la main gauche, sans rien dire, et leurs adversaires attendirent, l'épée nue. Le peuple leva aussi la main, ce qui était le signal du pardon, et ils sortirent de l'arène. Les vainqueurs se retirèrent aussi, car les gladiateurs n'étaient pas tenus de combattre deux fois dans la même journée.

Les quatre-vingt-dix-sept paires qui restaient continuèrent la lutte. La plupart d'entre eux avaient brisé leur lance, et se servaient de l'épée. Leurs chevaux se cabraient les uns contre les autres, et les combattants se portaient des coups furieux. Au bout de quelques instants, il y en eut vingt, de part et d'autre, qui avaient reçu de profondes blessures dans les flancs ou à la poitrine; ils furent obligés de se rendre. Ils descendirent de cheval, ainsi que leurs adversaires, et levèrent la main gauche. Le peuple, qui n'avait pas encore vu de sang, ne bougea pas. Ces vingt gladiateurs vaincus, qui avaient pour point d'honneur de ne pas implorer deux fois leur grâce, baissèrent la main, et s'avancèrent froidement vers les vainqueurs, en mettant un genou à terre. Ceux-ci, qui avaient déjà l'épée nue et qui attendaient, leur mirent la main gauche sur la tête, en la penchant en arrière, et ils leur coupèrent la gorge. Le combat avait cessé un instant, et les gladiateurs avaient repris leurs lignes. Il passa alors des mules traînant des crochets, qui enlevèrent rapidement les cadavres par le portique des morts. — Du sable! du sable! s'écria le maître d'armes en chef. Des hommes apportèrent du sable, qu'ils étendirent avec des râteaux, sur les mares de sang qui rougissaient l'arène, et le combat recommença.

Il y avait alors comme une sorte d'ivresse qui gagnait la multitude. L'orgue hydraulique, perfectionné par Néron, jouait des airs guerriers; les bêtes féroces, réveillées par l'odeur du sang et des cadavres, grattaient les portes de leurs loges, en poussant des hurlements horribles, et le peuple battait des mains. Il y eut encore trente gladiateurs vaincus et tués, car le peuple ne fit aucune grâce; et des mules passèrent de nouveau avec leurs crochets, pour enlever les morts. Il ne restait plus que quarante-sept paires de combattants. La populace, qui trouvait cette bataille trop lente, à cause des manœuvres des chevaux, demanda à grands cris des gladiateurs à pied. Ils entrèrent.

Les gladiateurs à pied étaient de trois sortes : les Thraces, les Mirmillons et les Rétiaires. Les Thraces portaient le casque du gladiateur à cheval. Ce casque était souvent orné de belles sculptures en relief. Ils avaient le corps nu, du cou à la ceinture. Leur bras droit était enveloppé d'un brassard en lames de métal, qui montait jusqu'à l'épaule, et qui se terminait par un gantelet rond et creux, dans lequel était même enfermée la garde de l'épée. Une forte ceinture de cuir fixait autour de leurs reins un court tablier de laine, et servait de point d'appui à des garde-cuisses d'acier, qui descendaient jusqu'aux genoux. Ils portaient, pour défendre leurs jambes, des grèves de cuivre, en métal plein et solide, ornées de sculptures figurant des têtes de lion. Ces grèves couvraient le pied, par devant, jusqu'à la naissance des doigts, et remontaient de près d'un demi-pied au dessus du genou. Elles avaient assez la forme d'une tuile à canal, appliquée sur le tibia et nouée avec deux courroies de cuir, au haut et au bas de la jambe. Le bouclier des Thraces était un rectangle concave, et ils se servaient de l'épée courte. Les Mirmillons étaient armés à peu près comme les Thraces. Seulement ils portaient une tunique au lieu de tablier, un bouclier rond, des grèves plus légères, et un poignard recourbé, au lieu d'épée. Ils avaient sur le casque la figure d'un poisson, et ils étaient presque tous Gaulois. Les Rétiaires n'avaient ni casque, ni bouclier, ni grève, ni épée. Un petit ruban ceignait leurs cheveux; ils avaient pour armes une longue pique terminée par un trident, et une espèce de filet, avec lequel ils enveloppaient leurs adversaires. Les Thraces combattaient contre les Mirmillons, et les Mirmillons combattaient contre les Rétiaires.

Quand les gladiateurs eurent salué César, et que le *lanista* en chef eut décliné leurs noms et leurs faits d'armes, l'orgue hydraulique commença de jouer une pyrrhique, et les combattants s'attaquèrent. Les Thraces et les Mirmillons se portaient des bottes savantes, qui faisaient pousser des exclamations admiratives aux maîtres d'armes mêlés parmi la populace, et les Rétiaires voltigeaient d'un bout à l'autre de l'arène, en essayant de lancer leur filet. C'étaient des cris, des menaces et des railleries auxquels répondaient les panthères et les hyènes, qui glissaient leur museau sous les portes et qui demandaient les morts. Tant de vaincus, tant de cadavres. Le peuple était féroce de joie. Les mules passèrent quatre fois avec leurs crochets. Il n'y avait plus de sable; on marchait dans le sang. Un Thrace, qui avait demandé à continuer le combat, malgré ses victoires, égorgea sept Mirmillons. L'empereur l'affranchit sur-le-champ, en lui disant : Sois libre! ce qui souleva sur tous les degrés du cirque de frénétiques applaudissements. Il ne restait plus que trente paires de gladiateurs acharnés les uns contre les autres. Une voix impatiente cria : Les lions! Ce cri devint à l'instant un hourra immense. Les lions! les lions! L'empereur fit signe de la main. Le maître d'armes en chef s'interposa entre les combattants, et les gladiateurs se retirèrent.

C'était là le moment terrible qu'attendait Crispiciole. Toutes les angoisses de sa nuit de honte, de jalousie et de désespoir s'amoncelaient tumultueusement dans son âme; et tant que quelqu'un vivrait de ceux qui l'avaient froissé dans son affection ou insulté dans sa gloire, de ceux qui l'avaient vu pleurer ou entendu gémir, il lui semblait que ce peuple immense, qui tremblait au seul bruit de son nom, allait se lever tout à coup devant lui, et lui jeter au visage les lazzis outrageants des jardiniers de Tibur et des paysannes de Fidènes. Danaé elle-même, qu'il avait tant aimée pourtant, et qu'il aimait encore, ne pouvait trouver grâce devant sa colère. Morte, elle ne serait pas à lui, mais elle ne serait à personne. Il ne comprenait pas l'amour qui pardonne, mais l'amour qui se venge. Il avait vu sans émotion et sans plaisir les sangliers déchirés par les meutes et les gladiateurs offrant la gorge à l'épée; mais il se redressa, et ses yeux rayonnèrent, lorsque le peuple demanda les criminels qu'on devait jeter aux lions.

L'empereur, au contraire, avait presque oublié l'effroyable

sentence qu'il avait prononcée la veille. La terreur du juif, s'évanouissant devant un chapon, l'avait fait rire aux éclats, et il avait fort goûté la bravoure et l'élégance avec laquelle les gladiateurs étaient morts. Il était content. Il lui eût été égal que les sénateurs, les chrétiens, les bateleurs et les archers gaulois arrêtés par Crispiciole, mourussent ou ne mourussent pas ; et s'il les laissait déchirer par les bêtes féroces, c'était sans colère, et uniquement parce que les préparatifs étaient faits.

Les premiers qu'amenèrent les bourreaux, c'étaient les sénateurs. Il y avait Cornélius Céthégus et Julius Serranus, qui marchaient en se tenant par la main, et Bébrix, dont les contusions n'étaient pas encore bien guéries. Ils passèrent devant l'empereur pour le saluer, et, après qu'ils eurent abaissé le capuchon de leurs manteaux, Cornélius dit d'une voix calme :

— Éternité, on vous trompe ! nous n'avons jamais conspiré. Nous mourons victimes d'une lâche calomnie ; que les dieux conservent l'empire et vous gardent !

Ils passèrent ; toutes les familles sénatoriales étaient sombres de tristesse ; mais leur terreur était encore plus grande que leur pitié. Les bourreaux allèrent placer les trois victimes au fond du cirque, en face de la loge des ours.

Les seconds qui parurent, c'étaient les chrétiens. Ils étaient plus de deux cents, diacres, veuves et vierges. Crispiciole reconnut en tête la vénérable Fabiola, qui marchait le front incliné, récitant des prières, et humble jusque dans le martyre. L'entrée de ces hommes simples et calmes, de ces femmes résignées et fortes, qui allaient mourir sans avoir jamais connu le mal, et qui mêlaient leurs douces et mélancoliques prières au grondement redoutable des lions, émut singulièrement le peuple. Ils saluèrent profondément l'empereur, et un diacre lui dit avec respect :

— Éternité, on nous fait mourir pour le crime de notre croyance, et cependant cette croyance nous ordonne d'obéir à vos lois et de vous être fidèles. Nous n'avons nulle haine contre vous, ni contre personne. Nous allons prier Dieu de toucher votre âme aveuglée, et de vous pardonner, comme nous vous pardonnons. ◆

Alors, les chrétiens passèrent, et le diacre dit tout haut les prières pour la conversion des infidèles, que les veuves et les vierges répétèrent après lui. Les bourreaux placèrent les chrétiens en face de l'empereur, devant les loges des lions.

Les troisièmes qui entrèrent, ce furent les archers gaulois. Il y avait toute la cohorte, huit cents hommes. Leurs mains étaient liées. Ils étaient beaux et fiers. On les mena aussi devant l'empereur pour le saluer. Crispiciole, qui examinait attentivement leurs visages, n'y reconnaissait pas Andronic. Il fit signe à un officier du guet, qui avait été employé dans cette arrestation périlleuse, de s'approcher de lui.

— Je ne vois pas là, dit-il, un primipilaire que je connaissais.

— Le primipilaire Andronic ? répondit l'officier ; il a obtenu hier un congé du tribun, et il a dû partir immédiatement pour la Gaule; mais d'ailleurs vous devez être content, toute la cohorte y est, excepté lui.

— Malheur! s'écria Crispiciole, en lui lançant un regard de colère.

En ce moment, le tribun des archers salua l'empereur, et lui dit :

— Eternité, vous nous avez vus combattre, et vous savez que nous ne craignons pas de mourir ; quand les bêtes féroces auront déchiré nos habits, le peuple verra sur nos poitrines les blessures que nous y avons reçues, en défendant le nom romain. J'atteste ici tous les vieux soldats qui m'écoutent, ce n'était pas après tant de combats et après tant de victoires, encore tout ornés des colliers d'or que vous avez vous-même jetés sur nos épaules, que nous devions mo   icomme de vils gladiateurs. César, que les dieux vous conservent!

Les archers défilèrent la tête haute, et les bourreaux les placèrent entre les chrétiens et les sénateurs, devant la loge des tigres.

Enfin apparurent les pauvres bateleurs. Ils étaient plusieurs centaines, population nomade et délabrée, venue de tous les coins du monde, et formée de tous ces hommes rêveurs, paresseux et fantasques, dont la vie a pour limites l'hôpital et le gibet. Il y avait des Européens, des Africains et des Asiatiques ; des montreurs d'ours et de singes, des avaleurs d'épée et des joueurs de gobelets. On les avait saisis avec leurs accoutrements de place, les uns ayant des plumets hyperboliques, les autres des robes étranges, ancienne pourpre dégénérée en haillons.

La populace reconnaissait là ses joyeux grotesques, qui l'amusaient chaque jour avec leurs saillies et avec les chaises qu'ils portaient au bout de leur nez. Elle déplora sincèrement une fin si misérable. Il y avait parmi la cohue quelques filles charmantes, étoiles perdues dans cette nuit, qui traînaient leurs robes comme des matrones et qui pleuraient de mourir, si belles et si jeunes, avec toutes leurs illusions dans la tête, et toute leur passion dans le cœur. La pitié gagnait peu à peu parmi le peuple, à l'aspect de ces misérables, si effarés et si tremblants. Si quelqu'un eût demandé leur grâce, tout l'amphithéâtre se serait levé en leur faveur ; mais les hyènes poussèrent tout a coup un hurlement sonore ; les mauvais instincts de la populace se réveillèrent ; un enfant cria : Les lions! Et aussitôt il s'éleva comme un tumulte, qui ébranla le cirque de ces mots frénétiques : Les lions! les lions !

Crispiciole, brisé d'attente et d'émotion, n'eut pas la force de regarder l'entrée des bateleurs. Il avait donné le signalement de Danaë avec beaucoup d'exactitude ; et, comme il avait déjà vu Fabiola, il ne supposait pas que la danseuse si renommée du théâtre de Marcellus eût échappé à ses officiers de police. Il avait d'ailleurs entrevu, dans la rapidité d'un regard involontaire, une forme chaste et digne, qui illuminait un groupe immonde d'histrions. Son âme s'était remplie d'épouvante à cette vision si douce et si affreuse ; et quand le peuple demanda les lions à grands cris, il lui semblait entendre la voix des furies qui le poursuivaient comme Oreste, en l'accablant de malédictions.

Lorsque toutes ces victimes furent prêtes, un décurion fit signe aux belluaires de se tenir près des portes des loges, avec leurs pieux ; puis, il s'écria :

— César veut que sa vengeance ne vienne qu'après celle des dieux. Belluaires, lâchez le lion d'Adrumète sur les chrétiens !

Alors, deux belluaires touchèrent les verrous d'une loge située en face de l'empereur. Il en sortit un rugissement redoutable, qui ébranla tous les échos du cirque. Fabiola était à quelques pas de la loge, à genoux, les mains jointes et les yeux au ciel. Elle prononçait avec ferveur des prières ardentes ; et les belluaires pouvaient entendre qu'elle y mêlait le nom de Danaë. Tout à coup, la porte de la loge fut ouverte et les spectateurs furent, malgré eux, saisis d'effroi, à l'aspect d'un lion gigantesque, à pelage fauve et à crinière noire, qui s'arrêta sur le seuil de la loge, comme ébloui par la lumière trop subite du jour.

En ce moment, un grand cri, un cri de désespéré, partit du côté de la loge de l'empereur. Un homme vigoureux et de haute taille venait de s'élancer, des degrés supérieurs de l'amphithéâtre, vers la tente impériale. La violence de son élan avait écarté les prétoriens de service. Cet homme, qui du reste n'avait pas d'armes apparentes et qui ne proférait pas un mot, avait saisi avec une main de fer le nain Crispiciole ; et puis, aussi rapide que la foudre, il avait repris son élan, à travers les rangs des vestales, des chevaliers et du peuple ; et il venait de sauter dans l'arène, tenant toujours Crispiciole dans sa main.

C'était Crispiciole qui avait poussé ce cri de détresse, en reconnaissant Andronic.

Une fois dans l'arène, Andronic marcha droit au lion. L'animal prenait déjà son élan pour bondir jusqu'à lui, lorsque le montagnard lui jeta le nain à la face. Le lion saisit Crispiciole par la tête, et couvrit son râle d'un effroyable rugissement. Puis Andronic s'empara du pieu d'un belluaire, se plaça résolument devant Fabiola, éperdue de surprise, et s'adressa à l'empereur.

Toute cette action fut si imprévue, si rapide, si éclatante ; il y avait dans la taille d'Andronic tant de force, dans sa pose tant d'audace, dans son regard tant de majesté, que tous les spectateurs furent saisis d'admiration et se levèrent. Comme il allait parler, il se fit un grand silence ; et l'on n'entendait plus que les grondements étouffés du lion, accroupi sur les lambeaux convulsifs de Crispiciole.

— Éternité, dit Andronic d'une voix forte, je suis primipilaire des archers gaulois. S'il était vrai que nous conspirons contre vous, comme on vous l'a fait croire, je vous aurais pris, au lieu de prendre votre nain ; et vous seriez déchiré par les dents du lion, comme le nain est déchiré à cette heure. Cette conspiration est donc une fable, vous le voyez bien. Elle a été inventée par ce misérable bouffon, qui ne méritait pas l'affection de

Votre Clémence ; il a voulu perdre ma fiancée, qu'il avait enfermée malgré elle dans son palais, et perdre avec elle la chrétienne Fabiola, sa maîtresse, le sénateur Cornélius, son appui, et moi, son époux. Comme vous auriez soupçonné son crime, s'il ne vous avait demandé que notre mort, à nous quatre, il a inventé une conspiration, dans laquelle il a enveloppé plusieurs sénateurs, plusieurs chrétiens, tous les comédiens de Rome et toute la cohorte des archers. Voilà la vérité pure, Éternité! Il n'y a ici aucun coupable, que le bouffon qui est mort. Ces soldats vous aiment, et mourront pour vous défendre, sur les champs de bataille. Éternité, au nom de votre gloire, grâce pour les soldats!

Ces paroles produisirent une émotion générale.

— Grâce pour les soldats! s'écrièrent les vétérans qui étaient dans l'assemblée.

— Grâce pour les sénateurs! s'écrièrent les familles sénatoriales et les chevaliers.

— Grâce pour les chrétiens! s'écrièrent plusieurs voix éloignées.

— Grâce pour les bateleurs! s'écria la populace.

Puis, il y eut un cri véhément et solennel, qui éclata sur l'amphithéâtre :

— Grâce pour tout le monde!

L'empereur, qui était poète, et qui n'avait aucune colère dans l'âme, se leva et étendit la main.

— Romains, dit-il, vous êtes un grand peuple, et vous devez avoir de grands empereurs. Le divin César fut clément, je le serai comme lui. Je fais grâce à tout le monde. Belluaires, faites rentrer le lion.

Il y eut alors un élan magnifique de joie ; et ce peuple immense répéta trois fois de suite : César, que les dieux vous conservent!

Pendant ce tumulte, Fabiola s'était levée pour se jeter dans les bras d'Andronic.

— Où est Danaë? demanda-t-elle avec angoisse.

— Elle doit être toujours cachée avec les chrétiens, puisqu'elle n'est pas ici, répondit Andronic. Elle vous croit morte, sans doute, et peut-être croit-elle que je suis mort aussi.

— Dieu nous garde qu'elle eût cette pensée, ô mon fils!

Ils partirent aussitôt, à travers la foule, pour aller trouver Danaë ; et les archers gaulois, délivrés de leurs liens, firent longtemps retentir les airs du nom de leur libérateur.

XII.

Tous les chemins vont à Rome.

Andronic n'était plus au camp des Prétoriens lorsque les officiers du guet y apportèrent l'ordre de l'empereur d'arrêter la cohorte des archers. Quoique la retraite de Danaë fût mystérieuse, et dût la dérober, pour les premiers moments, aux recherches du comte Crispiciole, il craignait, avec raison, que cette retraite ne vînt à être découverte, surtout à cause de la haine du Sénat, qui poursuivait alors les chrétiens. Il pensa donc que le seul moyen de sauver Danaë, c'était de la faire sortir de Rome, et de la ramener, sous quelque déguisement, dans son pays. Comme cette idée était évidemment la plus sage, il s'y arrêta sur-le-champ. Il alla trouver le tribun de sa cohorte, un seigneur gaulois de l'Aquitaine, dont il était aimé pour sa conduite et pour son courage, et il lui demanda, pour aller voir son vieux père, un congé de deux mois, qu'il lui accorda. Il alla sur-le-champ se loger dans la ville, vers le quartier solitaire de la porte Capène, pour faire en sûreté les préparatifs de son voyage, et pour dérouter les espions que Crispiciole chargerait peut-être d'observer ses démarches. Cette résolution, prudemment prise et rapidement exécutée, le sauva.

Il remontait la voie Appia, vers le quartier de la Piscine publique, pour aller chez des marchands d'habits, qui étalaient aux environs du Grand-Cirque, lorsqu'il rencontra les crieurs et les hérauts, annonçant au peuple les chasses de panthères, les combats de gladiateurs et les criminels jetés aux lions, dans l'amphithéâtre de Flavius, à la quatrième heure.

Comme cette nouvelle subite causait de grandes rumeurs parmi le peuple, il s'arrêta, et il lut une longue affiche apposée contre une muraille. Cette affiche expliquait la conspiration qui venait d'être découverte par Son Excellence le comte Crispiciole, et l'arrestation de plusieurs sénateurs, d'un grand nombre de chrétiens, de tous les comédiens de Rome, et de la cohorte entière des archers gaulois, entourée subitement, dans la nuit, par toute la légion Prétorienne. Andronic soupçonna tout d'un coup que cette effroyable tragédie devait être une vengeance de Crispiciole. Comme il était près de l'Argilète, il courut chez Fabiola.

La maison de Fabiola était tout en désordre. Les esclaves pleuraient et se lamentaient. Il apprit d'eux que les soldats du guet étaient venus saisir Fabiola, pendant la nuit; qu'ils avaient tout bouleversé, pour trouver Danaë, la croyant cachée chez elle; qu'un très grand nombre de chrétiens, amis de Fabiola, avaient été arrêtés également, dans le quartier du Grand-Cirque; et que, dans quelques instants, ces chrétiens et leur bonne maîtresse allaient être jetés aux lions.

Il sortit éperdu, et, sans prendre garde à une litière aux insignes consulaires, portée par quatre Maures, et escortée de licteurs, qui s'arrêtait en ce moment devant la maison de Fabiola. Il y avait une matrone qui ordonna à deux Licteurs de garder la porte, et qui dit à l'officier : ·

— C'est là, m'a-t-on assuré, que demeure l'esclave Danaë : amenez-la-moi, morte ou vive. Allez !

Epouvanté de la nouvelle qu'il avait apprise, Andronic se dirigea à l'instant vers les thermes de Caracalla. La rue où était cachée Danaë était pleine de gens qui couraient au Cirque. Des groupes se succédaient pour lire l'affiche appliquée contre la maison de Fabiola, et il rôdait aux alentours des hommes à figure sinistre, qui considéraient attentivement Andronic, et qui devaient être des espions du guet. Il s'avança vers la porte de la maison de Fabiola, qui était fermée. Il frappa plusieurs coups avec le maillet de bois ; personne ne vint. Il était dans un trouble extrême, craignant d'être saisi, craignant bien plus encore, s'il continuait à frapper, d'attirer l'attention des hommes de police sur cette maison, et de perdre Danaë et les chrétiens, qui sans doute devaient s'y trouver encore.

— Vous êtes fou, l'ami, lui dirent quelques personnes qui lisaient l'affiche, d'aller faire vos visites à un pareil moment ! Qui voudrait rester à vous attendre, tandis que tout le peuple va voir jeter les bateleurs et les chrétiens aux lions, à l'amphithéâtre de Flavius ?

— Vous croyez donc qu'il n'y a personne ici ? dit Andronic, d'un air contraint et embarrassé.

— Non certes, reprit en riant le groupe, à moins que les enfants en nourrice, qui ont encore peur des lions.

— J'ai vu ce matin sortir tout le monde, ajouta d'un air fort dégagé un individu qui était là, de cette espèce fort répandue, qui a toujours tout vu et tout entendu, principalement lorsqu'il ne s'est rien fait et qu'il ne s'est rien dit.

Andronic s'éloigna, rêveur et l'âme brisée. Où était Danaë ? Les chrétiens étaient-ils en effet sortis, le matin, de la maison de Fabiola, comme venait de le dire cet homme ? s'étaient-ils cachés ailleurs ? étaient-ils pris ? étaient-ils sauvés ? Toutes ces interrogations poignantes se présentaient à la fois dans son cœur, et il ne savait qu'y répondre. Comme il remontait tout pensif la voie Appia, il tourna machinalement à main droite, au Septizonium, et il se mit à suivre la foule, qui se précipitait vers l'amphithéâtre, par la voie Triomphale.

Lorsqu'il fut arrivé sous la colonnade du cirque, il entendit hurler les tigres, et il revint à l'affreuse réalité de sa situation. Que devenir et que faire ? Tous ses camarades allaient être jetés aux lions ; Danaë était peut-être prise aussi ; et, dans une heure, les hyènes d'Afrique se disputeraient ses lambeaux ! Une fois sa cohorte anéantie et sa fiancée morte, Andronic ne comprenait plus le sens et le but de la vie. Il s'assit, désespéré, sur un degré du portique, le visage dans ses mains ; et le brave soldat pleura amèrement sur la chute de toutes ses affections dans ce monde.

Comme il était réduit aux douleurs et aux résolutions suprêmes, il se leva tout à coup. Il lui était venu une idée monstrueuse ; l'idée de tuer l'empereur. Il pensa qu'une révolution subite et terrible, dans l'empire, arrêterait sur le champ la célébration des jeux du cirque, ce qui peut-être sauverait Danaë, si elle était prise, et avec elle Fabiola et les archers. Homme d'exécution et d'audace irrésistible, il s'arrêta décidément à ce parti. Il entra parmi la foule, dans l'amphithéâtre, et il se glissa, à la faveur du tumulte et des exclamations qu'excitèrent les gladiateurs, jusqu'aux degrés qui dominaient la tente impériale. Il était là, lorsque les bourreaux amenèrent les sénateurs, les chrétiens, les archers et les bateleurs. Il vit clairement que Danaé n'avait pas été prise, ce qui inonda son cœur de joie, et lui fit modifier ses projets. C'est alors qu'il imagina de jeter le nain au lion, se confiant à l'enthousiasme qu'un pareil fait, simplement et noblement expliqué, exciterait dans la multitude.

De leur côté, les chrétiens qui habitaient avec Danaë la maison de Fabiola, apprirent avec une profonde terreur l'horrible nouvelle que les hérauts criaient par les rues, et qu'une grande affiche, appliquée contre leur muraille, ne leur permit pas de révoquer en doute. Comme ils étaient plongés dans la stupeur profonde causée par cette catastrophe, un esclave fidèle de Fabiola, qui venait souvent leur porter, par une entrée secrète, les avis ou les secours de sa maîtresse, arriva éploré et désespéré, et leur raconta comment Fabiola et un grand nombre de chrétiens, qui habitaient aux environs du grand cirque, avaient été arrêtés pendant la nuit, et allaient, dans quelques instants, être jetés aux lions. Les chrétiens questionnèrent encore l'esclave sur ce qu'on disait des archers gaulois et des sénateurs ; et l'esclave leur répondit qu'il était bien vrai, en effet, que la cohorte des archers avait été désarmée et saisie entière, et que, parmi les sénateurs condamnés à mourir, se trouvait le maître de Fabiola, le noble et généreux Cornélius.

Pendant que l'esclave achevait ces paroles, les chrétiens entendirent frapper à leur porte, avec le maillet de bois ; mais comme la rue était pleine d'hommes de police, et que celui qui frappait n'observait pas une certaine espèce de signal, qui servait à désigner les frères, ils n'ouvrirent pas. Celui qui frappait ainsi, c'était Andronic ; et l'esclave de Fabiola n'avait pas pu le rencontrer, parce qu'il était déjà parti du quartier de l'Argilète, quelque temps avant qu'Andronic n'y fût arrivé lui-même.

La première impression des chrétiens, ce fut une impression d'angoisse. Ils avaient pour Fabiola un respect profond et un attachement extrême. Cette sainte femme, qui était esclave, avait encore trouvé le moyen de témoigner de son humilité, en refusant toujours d'être affranchie. C'était aussi une idée d'épouvante, de songer que, dans quelques instants, plusieurs centaines de chrétiens, l'honneur et l'espoir de l'église de Rome, allaient expirer sous les dents des tigres, au milieu d'un peuple idolâtre, qui n'aurait pour tant de vierges pures, pour tant de veuves irréprochables, pour tant de diacres éprouvés par l'étude, et qui devaient porter dans la postérité le nom de Pères, que des huées et des malédictions.

La seconde impression des chrétiens, ce fut un céleste orgueil et une joie mystique. Ils songèrent au bonheur de ces martyrs agréés de Dieu, qui allaient partir pour ce monde impérissable, où le cœur ne désire pas, et où les yeux ne pleurent jamais ; et quelque retentissement qu'eût, dans leur imagination, le cri des ours et des hyènes, il leur semblait qu'il était encore dominé et couvert par les hymnes des trônes et des anges, qui chantaient la gloire des nouveaux élus sur des harpes d'or. Quelques-uns d'entre eux, les plus jeunes et les moins parfaits, voulaient aller se dénoncer eux-mêmes sur-le-champ, au préteur, et partager ainsi le sort de leurs frères ; mais un vieux solitaire du désert de la Syrie, qui se trouvait parmi eux de passage, leur dit que les bons serviteurs, c'étaient ceux qui n'arrivaient qu'à la voix du maître, et qu'il ne fallait mettre d'ostentation à rien, pas même dans la mort.

Dans un coin obscur de la salle commune, où les chrétiens se réunissaient pour prier, et où ils étaient alors, il y avait en ce moment une jeune fille, pâle et morne, qui avait tout écouté, et qui n'avait rien dit. C'était Danaë. La nouvelle de l'arrestation des archers gaulois, de Fabiola et de Cornélius, et par conséquent la mort prochaine, imminente, inévitable, de tous ceux qui avaient son amitié, son respect, son amour, l'avaient foudroyée. Ce malheur avait en lui-même quelque chose de trop grand, pour que, du premier abord, son ame pût bien le comprendre. Pendant quelques instants, elle demeura comme anéantie. Elle souffrait trop pour penser. Lorsque la réflexion la rendit peu à peu au sentiment de la réalité et de la vie ; lorsqu'elle se dit que tout son bonheur était bien fini sur la terre, et qu'elle y restait seule, pour pleurer ceux qui l'avaient aimée et qui étaient tous morts; lorsqu'elle se rappela ses doux rêves d'enfant, recommencés la veille, et au milieu desquels la réveillaient à présent, comme un redoutable coup de tonnerre, les rugissements des lions; lorsqu'elle vit, avec les yeux de son âme, son Andronic, si beau, si tendre et si fidèle, qui lui parlait, il n'y a qu'un instant, avec sa voix chérie, de leurs amours ineffables sous les ombrages de leur pays, et qui maintenant, traîné et déchiré, laissait des gouttes de son sang et des lambeaux de sa chair à toutes les pierres du cirque; elle se leva par un mouvement convulsif, sans espoir dans le cœur, sans idée dans la tête, sans larmes dans les yeux ; et elle se demanda tout haut, les deux mains jointes : « Mon Dieu ! mon Dieu ! que ferai-je donc aujourd'hui ? »

Pendant qu'elle était plongée dans ces réflexions terribles, ne voyant et n'entendant rien de ce qui ne se passait pas dans son cœur, les chrétiens s'étaient tous réunis dans la grande salle, où elle était assise. Ils avaient fermé les fenêtres et allumé un grand nombre de bougies, dans les torchères qui étaient attachées aux murs. Ils s'étaient déjà tous mis à genoux, et ils commençaient les prières des agonisants, pour Fabiola et pour les chrétiens du cirque, lorsqu'ils aperçurent Danaë, rêveuse et absorbée dans un coin. Un jeune exorciste alla vers elle, au moment où elle se levait, et lui parla doucement.

— Ma sœur, lui dit-il, vous n'êtes encore que néophyte ; vous ne pouvez donc pas rester parmi nous. Veuillez rentrer quelques instants dans votre chambre ; nous allons prier pour les morts!

Ces derniers mots imprimèrent à l'âme de Danaë une secousse visible. Elle s'avança lentement, et la tête inclinée, vers une petite porte, qui était celle de la chambre où l'avait placée Fabiola. Quand elle l'eut ouverte, elle s'arrêta sur le seuil, en regardant l'assemblée; et puis, levant au ciel ses yeux où étaient venues quelques larmes, elle dit à voix basse, et sans que personne pût l'entendre : Vous, qui priez pour les morts, priez pour moi !

Il y eut quelques instants de silencieux recueillement, lorsque Danaé fut sortie. Puis, le vieil anachorète récita, d'une voix grave, ce psaume lugubre de David :

— Du fond de l'abîme, j'ai crié vers vous, Seigneur; Seigneur, exaucez ma voix.

— Que vos oreilles deviennent attentives à l'accent de ma prière.

— Si vous vous souvenez des iniquités, Seigneur, qui pourra soutenir votre justice?

Ici, toute l'assemblée des chrétiens tressaillit vivement, au retentissement de trois coups de maillet, frappés sur la porte, comme les frappait Fabiola. Le vieil anachorète se tut, et toute l'assemblée resta muette et tremblante. Bientôt les trois coups retentirent de nouveau et de la même manière. Le jeune exorciste se leva et alla ouvrir la porte. Des bruits de pas précipités se firent entendre, et l'assemblée des chrétiens entonna, par un élan sublime, le cantique de Moïse, après la sortie d'Egypte, au moment où Fabiola entra tout éblouie dans cette espèce de chapelle ardente, où déjà ses frères priaient Dieu pour le repos de son âme.

Fabiola, pénétrée de la miséricorde de Dieu, qui seule l'avait conservée, sans doute pour quelque grande chose, tomba aussitôt à genoux; et l'anachorète reprit le psaume funèbre, que les chrétiens répétaient après lui.

— Du fond de l'abîme j'ai crié vers vous, Seigneur; Seigneur, exaucez ma voix.

— Que vos oreilles deviennent attentives à l'accent de ma prière.

— Si vous vous souvenez des iniquités, Seigneur, qui pourra soutenir votre justice?

Alors les chrétiens se levèrent, et demandèrent à Fabiola qui donc l'avait sauvée?

— Dieu, répondit-elle, par le bras de cet homme. Et elle montra Andronic. Cet homme, continua-t-elle, mon sauveur et le sauveur de tant d'autres, c'est le fiancé de Danaé. Où est Danaé?

— Elle est là, dans sa chambre, répondirent les chrétiens. Elle s'y est retirée au moment où nous allions prier pour nos frères trépassés.

Fabiola courut vivement vers la chambre; et, après avoir ouvert la porte d'une main tremblante, elle tomba renversée dans les bras d'Andronic, en poussant un cri déchirant.

Tous les chrétiens se précipitèrent.

Danaé était renversée sur un lit de repos. Ses cheveux étaient dénoués et flottants autour de ses épaules. Sa main droite pendait le long du lit jusqu'au plancher; et il y avait par terre, sous sa main, un petit flacon d'onyx qui était vide.

Elle s'était empoisonnée.

— Ma fille! ma malheureuse fille! s'écriait Fabiola, qui était revenue à elle, et qui mouillait de larmes le visage pâle de Danaë.

— Ma sœur! ma fiancée! ma Sylvula chérie! s'écriait Andronic à genoux, la voix pleine de sanglots, en tenant les mains froides et décolorées de la pauvre jeune fille.

— Oh! mon Dieu, disait Fabiola, avec l'accent du désespoir, vous savez que je vous ai remercié, dans mon cœur, de m'avoir sauvée pour elle; vous êtes juste, vous êtes bon, mon Dieu, rendez-la moi!

— Oh! ma Sylvula, ô ma chaste et sainte compagne, disait Andronic, avec des paroles étouffées, c'est pour toi que j'ai trouvé aujourd'hui tout mon courage; c'est pour toi que j'ai été fort, que j'ai été hardi, que j'ai été brave; oh! ne meurs pas! ne meurs pas!

Danaë était toujours étendue et inanimée; ses yeux étaient fermés, ses joues livides, ses mains glacées. Elle ne sentait pas les larmes qui coulaient sur son visage; elle n'entendait pas les cris déchirants qui retentissaient à son oreille. C'était le néant en face du désespoir.

Cependant, Danaë n'était pas morte. Peu à peu, sa poitrine se souleva, ses joues se colorèrent; elle prononça quelques paroles inarticulées et ouvrit les yeux. Au bout de quelques instants, elle reconnut Andronic et Fabiola, poussa un cri, et fondit en larmes.

— Pardonnez-moi, dit-elle, ô vous, mes seules joies en ce monde, ma mère, mon époux; je me suis tuée, parce que je vous ai crus morts, et que ma vie sans la vôtre n'avait plus de but sur la terre. Je vais mourir tout à l'heure, je le sens bien; et je vous bénis d'être là, pour que mes dernières paroles vous soient adressées, comme vous sont adressées mes dernières affections.

— C'est Dieu qu'il faut bénir, ma fille, reprit Fabiola, d'une voix grave, car c'est lui qui m'a envoyé Andronic, comme son ange, pour délivrer mon corps des lions, afin que je vinsse, à mon tour, délivrer ton âme des ténèbres. Ma fille! ma fille! les lions étaient déchaînés, et la main de Dieu a fermé leur gueule béante. Ma fille, crois-tu à la toute-puissance de mon Dieu?

— Je crois, ma mère, reprit Danaë, d'une voix solennelle, au Dieu qui vous inspire tant de vertus; je crois au Dieu qui vous a faite humble, simple, charitable; je crois au Dieu qui vous a dit de voir votre enfant dans une pauvre fille esclave, et vos frères dans tous ceux qui ont faim et dans tous ceux qui ont froid; je crois au Dieu qui a mis dans votre cœur tant de nobles sentiments, et dans votre bouche tant de consolantes paroles; je crois au Dieu qui vous a conduits, Andronic et vous, au pied de mon lit de mort, afin que mes dernières pensées ne fussent pas des blasphèmes; ma mère, je crois en votre Dieu!

— Consens-tu, ma fille, reprit Fabiola, à abjurer le culte des idoles, et à recevoir le baptême, qui t'appellera aux grâces de ma religion?

— J'abjure, ma mère, répondit Danaë, toutes les croyances que vous condamnez, et je désire, du fond de mon cœur, recevoir le baptême.

Alors un diacre releva la tête de Danaë. Comme la chambre où elle se trouvait était petite, on la porta dans la grande salle, encore tout illuminée de bougies. Les chrétiens, remplis d'émotions religieuses, se mirent à genoux autour du lit de la mourante. L'anachorète de la Syrie, qui était le plus âgé de tous les assistants, répandit quelques gouttes d'eau sur sa tête, en disant : Je vous baptise, au nom du Père, du Fils et du Saint-Esprit.

— Ma fille, reprit le vieux prêtre, Dieu vous pardonne d'avoir désespéré de sa miséricorde. Il vous retire une vie de quelques jours, pour vous donner une vie dans laquelle les myriades de siècles ne comptent pas. Vous êtes maintenant la créature la plus sainte de toutes celles que peut considérer sur la terre le regard des anges, puisque vous êtes comme si vous n'aviez point de péché. Souvenez-vous, ma fille, quand vous serez à la droite de Dieu, de nous tous, qui restons ici dans nos fautes et dans nos misères, et qui pourtant vous avons ouvert le ciel !

Danaë, qui se sentait défaillir, regarda Andronic, debout à son chevet, morne et anéanti. Elle réfléchit un instant, et puis elle se tourna vers l'anachorète.

— Pensez-vous, mon père, dit-elle, que ce soit une pensée coupable, de désirer mourir la femme d'Andronic ?

— Non, ma fille, répondit le solitaire ; car alors vous mourrez épouse et vierge, comme la Sainte Mère de Dieu.

— O mon Andronic, dit alors Danaë, d'une voix éteinte, il m'en coûtait de ne pas te donner ma dernière pensée et mon dernier regard. Lorsque mon père nous promit l'un à l'autre, un jour de printemps, parmi les fleurs de nos fraîches vallées, ce n'était pas pour que nous fussions unis à la lueur des cierges mortuaires. Alors, j'étais belle, et tu me nommais de noms si tendres, que les anges, qui me parleront tout à l'heure, n'en prononcent pas de plus doux dans le ciel. Maintenant, mes yeux s'éteignent, mes forces s'en vont, et je ne pourrai bientôt plus te voir et t'offrir ma main. La veux-tu encore, ô mon Andronic, cette main qui n'a jamais tremblé dans aucune autre que la tienne ? Prends-la vite, ô mon ami, si tu veux y sentir encore le dernier élan de mon cœur !

— Oui, oui, répondit Andronic, la poitrine brisée par les sanglots.

— Ce n'est pas tout encore, ô mon époux ! Maintenant, le dieu que j'adore, et qui me pardonne mes fautes, n'est plus le tien. Si tu mourais, comme je meurs, nous ne nous serions aimés qu'un instant sur la terre, et nous nous regretterions pendant l'éternité. Tu n'as pas eu près de toi, pour t'aimer, pour te consoler, pour te faire croire à toutes les choses divines dont elle est un exemple et une image, une femme sainte comme Fabiola : tu ne peux donc pas reconnaître encore le dieu que je reconnais ; mais je te demande, avant d'expirer, que tu te fasses instruire de ma religion, qui est surtout la religion de ceux qui aiment et de ceux qui souffrent; et que, lorsqu'on t'aura fait comprendre et aimer ses vérités simples et sublimes, tu demandes le baptême, pour l'amour de Dieu, et en souvenir de moi. Me le promets-tu?

— Je te le promets, répondit Andronic.

— Unissez-nous, mon père, dit alors Danaë à l'anachorète. Je conduis au troupeau de Dieu une brebis nouvelle, pour ma bienvenue dans le ciel.

Le solitaire fit mettre Andronic à genoux, et prononça sur eux les paroles du mariage. Fabiola retira de son doigt un anneau, qu'Andronic mit à celui de Danaë. Lorsque l'anneau fut mis, Danaë laissa retomber sa main.

Elle était morte.

Alors, tout le monde s'agenouilla de nouveau, et l'anachorète reprit le psaume du roi David.

— Du fond de l'abîme, j'ai crié vers vous, Seigneur; Seigneur, exaucez ma voix.

— Que vos oreilles deviennent attentives à l'accent de ma prière.

— Si vous vous souvenez des iniquités, Seigneur, qui soutiendra votre justice?

Un homme était entré pendant ce désordre, et se tenait debout, sans être remarqué, dans un angle de la salle. Il y resta morne et immobile pendant le baptême, le mariage et la mort de Danaë. Au moment où le solitaire terminait le troisième verset du psaume, cet homme tira de sa ceinture un stylet dont il mit la pointe sur son cœur. Puis, réfléchissant un instant, il dit tout haut : « Qui ne peut aimer, ne peut vivre ! » et il enfonça vigoureusement le stylet, ce qui le fit tomber raide mort. Le bruit de sa chute fit retourner les chrétiens, qui relevèrent le cadavre. Comme personne ne le reconnaissait, Fabiola s'approcha, le regarda, se pencha sur son pâle visage, et se sentit défaillir.

C'était Cornélius.

— Grâce ! grâce ! ô mon Dieu ! s'écria la pauvre femme ; je n'ai plus de forces dans mon âme, ni de larmes dans mes yeux. Danaë, Cornélius, mes beaux, mes malheureux enfants, ne m'abandonnez pas le même jour !

Fabiola, qui s'était précipitée sur le cadavre de Cornélius, essayait de le ranimer. Quand elle vit que le sang ne coulait plus, et que la vie était éteinte, elle leva les mains et les yeux au ciel, avec une expression de résignation sublime, et dit : Mon Dieu, que votre volonté soit faite, sur la terre comme dans le ciel !

Quatre licteurs, portant les haches et les couleurs consulaires, entrèrent en ce moment dans la chambre où étaient les chrétiens. Ils se rangèrent des deux côtés de la porte, et Lollia Paulina parut sur le seuil.

— Il y a dans cette maison, dit Lollia, une esclave qui se nomme Danaë. Au nom du consul, je viens réclamer cette esclave. Hommes et femmes qui êtes ici au mépris des dieux et des lois, où est cette esclave? remettez-la moi.

— La voici, dit le solitaire, en faisant écarter les chrétiens, qui cachaient le lit où était étendue Danaë ; elle est morte !

— Morte ! reprit Lollia, avec une expression visible de joie. C'est bien là l'esclave Danaë ? Mais alors, pourquoi donc le séna-nateur Cornélius Céthégus serait-il aussi dans cette maison ? Chrétiens, je vous ordonne de me dire où est Cornélius !

Le voici, dit Fabiola, en montrant le cadavre qui était à terre. Il l'aimait, et il est mort parce qu'elle était morte.

Lollia Paulina demeura foudroyée par la vue du cadavre et par les paroles de Fabiola. Ainsi donc Cornélius n'avait pas même donné une pensée à leurs amours, et il était mort sans la pardonner. Le désespoir contractait ses traits, et elle paraissait toute convulsive. Elle s'avança vers le lit où était étendue Danaë, endormie dans sa mort, un anneau au doigt et une croix dans sa main. Elle la considéra un instant sans rien dire ; et puis, comme si elle cédait à un esprit de frénésie, elle étendit les bras sur le cadavre, en s'écriant, d'une voix altérée :

— Esclave chrétienne, qui m'as tué mon amant, je te maudis !

Puis, elle se retourna, la fureur dans le regard, et elle se diri-gea vers la porte. Comme elle passait devant le cadavre de Cornélius, Fabiola, qui était toujours agenouillée, se leva, et lui dit :

— Femme adultère, qui m'as tué mon enfant, je te pardonne !

XIII.

Manibus date lilia plenis.

Le lendemain, à minuit, deux hommes et une femme descen-dirent dans les Catacombes de Saint-Sébastien, hors la porte La-tine. La femme portait une torche, et les hommes une bière.

Ils arrivèrent, après une marche assez longue, dans une ca-verne spacieuse, où le sol était planté de petites croix. Il y avait une fosse qui était fraîchement creusée. Les deux hommes y descendirent la bière, pendant que la femme priait tout bas. Quand la bière fut au fond de la fosse, les deux hommes et la femme la comblèrent en pleurant. Lorsque tout fut fini, un homme dit à l'autre :

— Quand serai-je baptisé, mon père ?

L'autre homme répondit :

— Demain, mon fils.

GRANIER DE CASSAGNAC.

FIN.

Paris. — Imprimerie de C.-H. LAMBERT, rue Coq-Héron, 5.

www.ingramcontent.com/pod-product-compliance
Lightning Source LLC
Chambersburg PA
CBHW060840250626
47162CB00005B/2119